ARSEN UND SPRITZGEBÄCK

10 KURZKRIMIS AUS FRANKEN ZUR WEIHNACHTSZEIT

ARS VIVENDI

Originalausgabe

Erste Auflage Oktober 2018
© 2018 by ars vivendi verlag
GmbH & Co. KG, Bauhof 1,
90556 Cadolzburg
Alle Rechte vorbehalten
www.arsvivendi.com

Umschlaggestaltung: FYFF, Nürnberg
Motivauswahl: ars vivendi
Coverfoto: © mauritius images / Darkened Studio / Alamy und
© mauritius images / Westend61 / Eva Gruendemann
Druck: CPI books GmbH, Leck
Printed in Germany

ISBN 978-3-86913-988-3

Inhalt

Bernd Flessner

Schöne Bescherung

»Wo sind Omas Kugeln?«

»Im großen Weihnachtskarton.«

»Da haben die aber nichts zu suchen. Die gehören in den kleinen. Wie oft hab ich das schon gesagt!«

»Nicht oft.«

»Du meinst, nicht oft genug.«

Peter Selcher holte weit aus, packte den Karton am abgegriffenen Rand und zog ihn zu sich herüber. Eine Ecke des Kartons riss dabei ab.

»Dieses Jahr kommt endlich ein neuer Karton her!«, fluchte er und begann, nach den alten Christbaumkugeln zu suchen, die schon seit über hundert Jahren Weihnachtsbäume in verschiedenen Städten geziert hatten. Mit der Hand tauchte er in ein zumindest familienhistorisch vielfältiges Angebot aus kleinen Holzpferdchen, fast haarlosen Engelchen, ergrauten Fliegenpilzen aus unbekanntem Material, Glöckchen aus mattem Messing und Kugeln verschiedener Farbe und Größe ein. Einige der Figuren, eine Kanone, eine Lokomotive und ein Weihnachtsmann, stammten vom Winterhilfswerk. Relikte aus brauner Zeit. Gesuchte Sammlerstücke. Doch das interessierte an diesem Heiligabend niemanden, sofern es überhaupt jemand wusste. Sie waren einfach nur Teil des Weihnachtsbaumdekorationsfundus der Familie Selcher. Nach kurzer Suche fischte Peter eine silberne Kugel heraus.

»Eine Kugel? Sag bloß, das ist alles, was noch übrig ist?«, fragte er laut. »Letztes Jahr waren es doch noch vier!«

»Das war der Hund«, antwortete Andrea, seine Frau, ohne jeglichen ironischen Tonfall, Strohsterne sortierend und kritisch begutachtend.

»Klar. Der Seppi frisst ja Christbaumkugeln für sein Leben gern. Das hatte ich vergessen.«

»Er hat sie nicht gefressen. Er hat sie vom Baum geschüttelt«, konterte sie trocken und mit harscher Miene. »Das passiert eben, wenn er unter den Baum darf. Die Kugeln, die an den unteren Zweigen hängen, können dann schon mal herunterfallen. Als ob du das nicht wüsstest!«

»Nein, das weiß ich nicht, liebe Andrea«, fauchte Peter, neben dem Baum auf dem Teppich kniend. »Warum hängen dann Omas Kugeln ausgerechnet an den unteren Zweigen?«

»Mensch, Peter! Weil niemand darauf achtet. Auch du nicht. Und du bist schließlich unser weihnachtlicher Baumbeauftragter!«

»Eine Kugel. Die letzte von der Oma«, raunte er vorwurfsvoll. »Die kommt jetzt aber nicht an den Baum.«

»Und warum nicht? Dafür ist sie doch da. Die hingen schon am Baum, als ich noch ein Kind war.«

»Aber es ist die letzte Kugel von der Oma!«

»Du hast sie doch kaum gekannt!«, zischte Andrea, das Bügeleisen in der Hand. Vorsichtig fuhr sie über die Strohsterne, in der Hoffnung, ihnen die ursprüngliche Form zurückgeben zu können.

»Das spielt doch keine Rolle. Aber wenn du darauf bestehst, dann hänge ich die Kugel eben auf. Ganz oben. Wo der Hund sie nicht fressen kann. Was ist mit den Sternen?«

»Vier oder fünf kann ich vielleicht noch retten«, antwortete Andrea. »Im nächsten Jahr müssen wir aber neue basteln.«

»Wir haben noch nie Strohsterne gebastelt«, erwiderte Peter, während er auf eine kleine Trittleiter stieg, um Omas letzte Kugel an einer markanten Stelle zu platzieren.

»Ich schon.«

»Wahrscheinlich zusammen mit deiner Oma.«

»Mit meiner Mutter.«

»Na, dann viel Erfolg. Wann können wir heute mit ihr rechnen? Wieder erst nach der Kirche?«

»Wann denn sonst!«, murrte Andrea und warf einen ramponierten Stern zurück in den großen Weihnachtskarton.

»Weißt du eigentlich, dass deine Mutter noch nie zur Bescherung da war?«

»Ja, das weiß ich. Aber daran kann ich nichts ändern, auch wenn du es mir jedes Jahr vorhältst.«

»Ich halte dir nichts vor«, entgegnete er, noch immer auf der kleinen Leiter stehend, noch immer den am besten geeigneten Zweig suchend.

»Hältst du doch. Jedes Jahr.«

»Weil du nie mit ihr darüber sprichst.«

»Das ist völlig sinnlos. Die Kirche ist ihr nun einmal wichtig. Sehr wichtig«, betonte sie.

»Wichtiger als ihre Enkelkinder?«

»Das kannst du nicht vergleichen. Das ist unfair.«

»Sie war noch nie zur Bescherung da«, stellte Peter erneut fest, der endlich einen passenden Zweig gefunden hatte. Jetzt musste er nur noch den Draht befestigen, der aus der Öffnung der Kugel ragte.

»Das ist eben so. Die Kinder kennen es ja nicht anders und freuen sich später doch genauso, wenn sie kommt. Außerdem haben wir Onkel Alwin. Der ist immer pünktlich.«

»Pünktlich ist er.«

»Was willst du damit sagen?«, fragte sie und überantwortete den letzten Stern dem großen Karton.

»Dass er pünktlich ist.«

»Und was noch?«

»Merkwürdig. Ein komischer Kauz. Lässt sich so gut wie nie blicken, spielt aber an Heiligabend den Weihnachtsmann.«

»Den perfekten Weihnachtsmann«, ergänzte Andrea. »Oder hast du schon einen besseren gesehen?«

»Zugegeben ...«

»Dann lass ihn bitte in Ruhe. Ich weiß selbst, dass er ein wenig sonderbar ist.«

»Ein wenig?«

»Ein wenig!«, bekräftigte sie. »Vergiss nicht, was er durchgemacht hat.«

»Diese Geiselnahme damals? Ihm ist doch gar nichts passiert. Außerdem ist das schon lange her«, murrte er und stieg von der Leiter.

»Zwölf Jahre«, wusste Andrea.

»Trotzdem«, wand sich Peter.

»Lass ihm doch das Vergnügen. Er ist harmlos.«

»Ich sag ja gar nichts. Haben wir nur rote Kugeln?«

»Wir haben nur rote Kugeln«, wiederholte sie. »Diese Frage habe ich dir schon letztes Jahr beantwortet. Wir haben nur rote Kugeln, weil du nur rote Kugeln gekauft hast.«

»Ich?«

»Ja, du. Denn du bist ja unser Weihnachtsbaumoberbeauftragter«, wehrte sich Andrea.

»Blödsinn!«

Andrea stand auf und bezog vor ihm Position: »Blödsinn? Wer schmückt denn jedes Jahr den Baum?«

»Wir.«

»Du! Ich darf dir höchstens eine Kugel oder einen Strohstern oder das Lametta reichen«, entgegnete Andrea. »Das ist bei uns nun mal so. Du gibst die Fernbedienung nicht aus der Hand, du grillst und du schmückst den Baum! Okay, ab und zu bringst du auch mal den Müll weg.«

»Aber … ich …«, begann Peter, fand aber so schnell keine passende Entgegnung. Doch er hatte Glück, denn das Telefon spielte den Deus ex Machina und erlöste ihn.

»Selcher«, meldete sich Andrea und signalisierte ihrem Mann, dass ihre Mutter die Anruferin war. Sie malte einfach mit dem Finger ein großes M in die Luft. Peter hob kurz seine Augenbrauen, seufzte kaum hörbar und griff in den großen Karton. Der Baum musste endlich fertig werden, musste in weihnachtlichem Glanz erstrahlen. Und wer konnte das besser als er?

»Nein, Peter ist noch nicht fertig!«, brüllte Andrea in den Apparat, um von ihrer schwerhörigen Mutter verstanden zu werden. »Ja, ich weiß, wie spät es ist! Nein, die Kinder warten in ihren Zimmern!«

»Mit dem Hund«, ergänzte Peter, der sich nicht zwischen einem der ramponierten Strohsterne und einem fast glatzköpfigen Engelchen entscheiden konnte.

»Nein, das war nur Peter!«, brüllte Andrea. »Hund? Was für ein Hund? Ja, er hat Hund gesagt. Nein, dem Hund geht es gut.«

»Wenn er nicht gerade Kugeln frisst«, spottete Peter und hängte das Engelchen an einen der unteren Zweige.

»Kugeln, Mutti, Kugeln. Christbaumkugeln!«, wiederholte Andrea. »Ja, Omas Kugeln sind noch alle da. Alle zwölf. Wir lagern sie doch in einem besonderen Karton. Nein, es hängen nicht alle, nur ein paar. Das ist sicherer. Paul und Marlene sollen doch später auch noch etwas von ihnen haben. Ja, ich weiß, wie alt sie sind. Unersetzlich. Besser, wir hängen nur eine auf.«

»Eine gute Idee!«, meldete sich Peter von der Spitze des Baumes, auf der nun ein Strohengel prangte.

»Ja, Peter hat es gehört. Nur eine von Omas Kugeln. Die anderen kommen zurück in den Karton. Ja, Mutti. Natürlich, Mutti«, schnaufte sie. »Wie immer nach der Kirche. Ja, Alwin ist dann noch da. Und die Kinder auch, die sind ja schon groß. Tschüss, Mutti.«

»Gut gemacht«, meinte Peter, ohne sich vom Baum abzuwenden.

»Diese blöden Kugeln.«

»Ich habe die immer gemocht.«

»Dann kauf doch ein paar silberne Kugeln dazu«, murrte sie. »Das sieht doch kein Mensch, ob die alt oder neu sind. Es müssen ja nicht immer rote sein.«

»Ich habe diese roten Kugeln nicht gekauft«, tönte es vom Baum herunter. »Ich habe noch nie Christbaumschmuck gekauft.«

»Bestimmt nicht. Wann bist du fertig? Wir müssen auch noch aufräumen und die Geschenke unter den Baum legen.«

»Bin gleich fertig.«

Andrea betrachtete den Baum mit zerknitterter Miene.

»Weniger ist mehr.«

»Stimmt genau«, freute sich Peter. »Das ist das Konzept. Ich habe nur die schönsten Stücke ausgesucht.«

»Das sieht man.«

Während sie das Bügeleisen wegräumte, erforschte seine rechte Hand den Fundus im Karton.

»Hatten wir nicht auch mal eine Weihnachtsgurke?«, fragte er.

»Eine was ...?«

»Na, eine Weihnachtsgurke. Eine Christbaumkugel in Form einer Gewürzgurke«, erklärte er.

»Nein, wir haben nur Gewürzgurken. Schmück bitte den Baum zu Ende und hilf mir bei den Geschenken. Die Kinder werden bestimmt schon ungeduldig.«

»In den USA hängt immer eine Weihnachtsgurke am Baum«, fuhr er fort. »Sie wird zwischen den Zweigen versteckt. Wer sie findet, bekommt ein Extrageschenk.«

»Das sieht den Amis ähnlich«, kommentierte sie leise.

»Das soll aber ein deutscher Brauch sein«, erwiderte er.

»Die Weihnachtsgurke?«

»Die Weihnachtsgurke.«

»Bestimmt. Was ist mit dem Lametta?«

»Bin schon dabei«, versicherte er. »Aber wir haben nur zwei Tütchen.«

»Egal. Das muss reichen. Ich hole die Geschenke.«

Kaum hatte sie die Tür einen Spalt geöffnet, schlüpfte ein fast weißer Golden Retriever ins Wohnzimmer, hüpfte plump über den großen Karton und verschwand unter den Zweigen des Baums, der umgehend von einem Erdbeben erschüttert wurde.

»Andrea!«, mahnte Peter von der kleinen Trittleiter.

»Seppi!«, schrie seine Frau, ohne eine Wirkung zu erzielen, von einer weiteren Erschütterung des Baums einmal abgesehen.

»Raus!«, schrie Peter. »Komm da sofort raus!«

Der Hund antwortete mit einem dumpfen Bellen, blieb aber, wo er war. Peter stieg von der Leiter, legte die letzten Lamettafäden auf den Wohnzimmertisch, ging in die Knie und robbte ins Unterholz. Der Kampf währte nicht lange. Ab und zu fiel der Name des Hundes, der mit einem unterdrückten Bellen antwortete. Es war keine Minute vergangen, als Peter den Rückzug antrat, jedoch das Halsband und somit auch den Hund fest im Griff hatte.

»Du frisst heuer keine Kugeln!«, erklärte er dem Hund, der allerdings, wie sonst auch, kein Wort zu verstehen schien. Peter ließ das Halsband erst wieder los, nachdem er Seppi in den Flur gezerrt hatte.

»Sitz!«

Der Hund sah sich um, als würde er einen Sitz suchen, blieb aber stehen. Er hatte nur das weihnachtliche Unterholz im Sinn.

»Paul, Marlene, ihr solltet doch auf Seppi aufpassen!«, rief Peter, worauf sich eine der beiden Zimmertüren öffnete und ein Zehnjähriger und eine Achtjährige erschienen.

»Wir haben uns schön gemacht«, sagte das Mädchen, das in einem pinken Kleid steckte. »Für die Bescherung.«

»Ihr solltet doch auf Seppi aufpassen.«

»Der nervt nur«, erwiderte der Junge. »Er hat schon wieder meine Burg kaputt gemacht.«

»Ihr passt trotzdem auf ihn auf. Sonst gibt es keine Bescherung«, sagte Peter und schob den Hund in das Zimmer.

»Manno!«, maulte Paul, fügte sich aber in sein Schicksal und schloss die Tür hinter sich, seiner Schwester und dem Hund, der ein letztes Protestgebell erklingen ließ.

»Ihr lasst ihn nicht raus!«, setzte der Vater nach, bevor er sich wieder um das Lametta kümmerte. In der Mitte des makellosen Baums, den er nach langer Suche in Neustadt an der Aisch aufgetrieben hatte, gab es noch deutliche Defizite. Seine Frau trug die ersten Geschenke ins Wohnzimmer.

»Es ist schon nach sechs«, gab sie zu bedenken. »Wir müssen uns beeilen.«

»Die Lichterkette!«, entfuhr es ihrem Mann.

»Die Lichterkette? Wo haben wir die im letzten Jahr verstaut?«

»Nicht im großen Karton. Vielleicht ist sie noch auf dem Dachboden?«

»Ich schau gleich nach.«

Sie ließ die Geschenke auf den Boden gleiten und machte auf dem Absatz kehrt. Peter folgte ihr nach wenigen Sekunden, denn ihm war die erforderliche Verlängerungsschnur in den Sinn gekommen. Fast zeitgleich kehrten sie zurück, ihre jeweilige Beute in den Händen.

»Jetzt aber schnell!«, meinte Andrea.

»Wie in jedem Jahr«, nickte er und kroch ein zweites Mal ins Unterholz, um die Steckdose zu suchen. »Alles auf den letzten Drücker.«

»Das ist bei uns halt so. Beeil dich, ich muss noch die Geschenke unter den Baum legen.«

»Ja, ja, bin doch gleich so weit.«

Peter kroch aus der Deckung und befestigte die elektrischen Kerzen auf den Zweigen. Neben und zwischen seinen Beinen agierte seine Frau, schob die größeren Geschenke nach hinten, platzierte die kleineren vorne.

»Von Gerhard«, erklärte sie bei einem Karton, der in Packpapier eingeschlagen war. »Kam gestern mit der Post.«

»Arschloch!«, brummte Peter.

»Aber ein treues.«

»Fertig! So, jetzt schnell noch die Möbel. Alwin steht gleich vor der Tür.«

»Ich hole die Kinder.«

Peter arrangierte Tisch und Sessel, Andrea lotste die Kinder aus dem Zimmer und gab dem Hund keine Chance. Daran konnte auch dessen lautes Protestbellen nichts ändern.

Als sie das Wohnzimmer betraten, strahlte der sehr zurückhaltend geschmückte Baum, wie es sich Peter vorgestellt hatte. »Minimal Art«, flüsterte er stolz.

»Das ist unser Weihnachtsbaum?«, sagte Marlene mit spürbarer Enttäuschung.

»Wo sind denn die Kugeln von der Oma?«, fragte Paul. »Die silbernen?«

»Da oben«, antwortete sein Vater und wies mit dem Finger auf das eigentlich leicht auszumachende Unikat.

»Eine muss reichen«, fügte Andrea hinzu. »Die anderen heben wir für euch auf. Diese alten Christbaumkugeln sind sehr empfindlich.«

»Seppi hat letztes Jahr eine Kugel kaputt gemacht«, konnte sich Paul erinnern.

»Genau deshalb haben wir in diesem Jahr nur eine aufgehängt«, argumentierte Peter.

In diesem Augenblick klingelte es. Die Mienen der Kinder wurden weihnachtlich, hellten sich auf, signalisierten Vorfreude.

»Der Weihnachtsmann!«, johlten sie und stürmten zur Haustür. Paul griff zur Klinke und zog sie auf. Vor den Kindern stand ein Riese. Ein Riese mit dickem Bauch und langem weißen Bart. Das purpurrote Kostüm war nicht für ein paar Euro bei einem Online-Händler beschafft worden, sondern verdiente die Bezeichnung »edel«. Wann und wo es Onkel Alwin besorgt hatte, war sein Geheimnis. Mühelos konnte es mit einem aufwendigen Hollywood-Kostüm konkurrieren. Vielleicht stammte es sogar daher. Niemand wusste es. Der weiße Fellbesatz war so echt wie weich, die Mütze ein Mützentraum, die Brille authentisch, die Stiefel aus feinstem Leder. Wenn es einen Weihnachtsmann gab, dann sah er so aus und nicht anders.

»Hohoho!«, sprach der Weihnachtsmann, der einen Sack auf seinem Rücken trug. Onkel Alwin war sonderbar, aber nicht geizig. Er war ein verschrobener Einzelgänger, ein spleeniger Frührentner, aber er war auch ein reicher Mann.

»Hohoho!«, wiederholte der Weihnachtsmann und betrat den Flur. Die Kinder sahen ihn mit offenen Mündern an. Obwohl sie wussten, wer sich hinter dem Bart, hinter den langen weißen Haaren verbarg, beschlich sie kurz der Zweifel, ob dieser Besucher nicht doch der echte Weihnachtsmann war.

»Weihnachtsmann, komm doch herein!«, begrüßte ihn Peter mit verstellter Stimme, denn auch er wollte seinen Beitrag zu dem Spektakel leisten. »So folge uns doch ins Wohnzimmer!«

Andrea schüttelte den Kopf und rollte kurz mit den Augen. Den Kindern aber machte genau dieses Spektakel Spaß.

»Ja, komm zu uns, Weihnachtsmann!«, gluckste Marlene. »Wir haben sogar eine Kugel von der Oma am Weihnachtsbaum!«

»Na, die will ich mir doch gleich mal ansehen«, sagte der Weihnachtsmann mit tiefer Stimme. Die Kinder staunten über die gewaltigen Schritte des roten Riesen. Als er in der Tür zum Wohnzimmer stand, füllte er den Türrahmen fast vollständig aus.

»Hohoho!«, wiederholte er. »Was für ein prächtiger Baum.«

»Er wurde unter meiner Aufsicht geschmücket«, plusterte sich Peter mit weiterhin tiefer Stimme auf. »So tritt doch ein, Weihnachtsmann.«

»Welch noble Gastfreundschaft«, sagte der Riese und stapfte auf die große Couch zu.

Andrea, die ihren Onkel immerhin ein bisschen kannte, fragte, ohne ihre Stimme zu verstellen: »Darf ich Sie mit einem Getränk verwöhnen?«

»Aber gewiss doch, mein Kind. Ich habe eine lange Reise hinter mir.«

»Vom Nordpol!«, lachte Marlene. »Deinen Schlitten möchte ich gerne mal sehen.«

»Meinen Schlitten? Der steht oben, auf dem Dach. Das ist viel zu hoch und viel zu gefährlich für dich.«

»Schade«, grinste das Mädchen.

»Mir ist nach einem Glase Wein«, sagte der Weihnachtsmann.

»Kein Bier?«, fragte Andrea verwundert. »Wir haben extra Schwarzbier eingekauft.«

»Nein, heute ist mir nicht nach Schwarzbier, heute ist mir nach Wein. Nach rotem Wein, wenn du hast.«

»Gut«, nickte Andrea und marschierte in die Küche. »Dann eben Wein.«

»Und ihr, meine Kinder, ward ihr denn auch artig?«, hörte sie die tiefe Stimme fragen, während sie eine Flasche Pinot noir aus dem Regal zog.

»Wir sind immer artig!«, antwortete Marlene. »Sogar der Paul. Nur Seppi, der ist nicht artig.«

»Wo ist denn der kleine Seppi?«, fragte der Weihnachtsmann erstaunt.

Die Kinder lachten.

»Du bist ja komisch! Der kleine Seppi ist doch gar nicht klein«, lächelte Marlene.

»Der hat heute meine Ritterburg kaputt gemacht«, beschwerte sich Paul. »Der hat sich einfach mit seinem fetten Arsch ...«

»Paul!«, zischte Peter.

»Er hat sich auf meine Burg gesetzt«, korrigierte sich Paul. »Der Bergfried war auf der Stelle platt. In zwei Teile zerbrochen.«

»Dann sei beruhigt, mein braves Kind«, spendete der Weihnachtsmann Trost. »Ich habe aus meinen Werkstätten am Nordpol die schönsten Sachen mitgebracht!«

»Eine neue Barbie!«, strahlte Marlene.

»Hier ist der Wein. Möge er munden«, unterbrach Andrea das Gespräch.

Der Weihnachtsmann, der noch immer stand, nahm ihr das große, bauchige Glas aus der Hand, führte das Glas zum Mund und leerte es in einem Zug.

»Du hast aber Durst«, staunte Marlene.

»Das macht die weite Reise.«

»Ihr dürft die vielen, vielen Kinder nicht vergessen, die der Weihnachtsmann an nur einem Abend besuchen muss«, warf Peter ein, vergaß jedoch, seine Stimme zu verstellen.

»Warst du schon bei den Hirschmeyers?«, fragte Paul.

»Die Hirschmeyers?«, wiederholte der rote Riese. »Ich fürchte, die habe ich noch nicht besucht.«

»Die wohnen über uns«, sagte Paul.

»Darum war ich noch nicht dort. Darf ich mich setzen?«

»Wir bitten darum. Es ist uns eine Ehre«, antwortete Peter, diesmal wieder mit tiefer Stimme.

»Noch ein Glas?«, fragte Andrea.

»Gerne, junge Frau, gerne.«

Sie nahm ihm das leere Glas aus der Hand und ging in die Küche.

»Der wird auch immer sonderbarer«, sprach sie zu sich selbst, während sie Wein nachschenkte. Plötzlich musste sie lachen, denn ihre Bemerkung traf auf ihren Onkel ebenso zu wie auf ihren Mann.

Im Wohnzimmer hatte der Weihnachtsmann damit begonnen, den Sack zu öffnen. Die Kinder wären am liebsten hineingekrochen.

»Zurücktreten, bitte!«, mahnte der Riese und zog das erste Geschenk aus seiner Riesenwundertüte. Ein beschrifteter Aufkleber gab Auskunft über den Empfänger.

»Für dich, mein Junge!«

Das ließ sich Paul nicht zweimal sagen. Er riss dem Weihnachtsmann das Päckchen aus den Händen und häutete es umgehend.

»Der Drache! Der Drache für meine Burg!«

»Und jetzt bist du dran, Marleen«, verkündete der Weihnachtsmann, wühlte in seinem Sack und zog ein weiteres Päckchen heraus.

»Eine neue Barbie!«, rief das Mädchen und zerfetzte das Papier. Sie hatte die Größe der Verpackung ganz richtig gedeutet, Onkel Alwin hatte ihr tatsächlich eine Barbiepuppe besorgt.

»Ich habe es geahnt«, flüsterte Andrea ihrem Mann zu. »Dabei habe ich ihn am Telefon ausdrücklich gebeten, keine Barbie zu kaufen.«

»Egal«, antwortete Peter ebenso leise. »Daran wird sie schon nicht sterben.«

»Das hoffe ich auch«, flüsterte Andrea.

Nachdem sie die Puppe begutachtet und für brauchbar befunden hatte, sah sie dem Weihnachtsmann in die Augen und sagte mit ernstem Ton: »Marlene!«

Der rote Riese reagierte nicht, sondern übergab nach kurzer Suche Paul das nächste Geschenk.

»Bestimmt die Zugbrücke!«, riet der Zehnjährige. »Die hatte ich ganz oben auf den Wunschzettel geschrieben!« Paul sah seine Burg in neuem Glanz erstrahlen. Papier flog auf den Teppich, doch statt der Zugbrücke förderte Paul ein Katapult zutage, eine mittelalterliche Belagerungsmaschine.

»Manno!«, meckerte der Beschenkte enttäuscht. »Ich wollte aber die Zugbrücke!«

»Paul!«, mahnte umgehend sein Vater, dem die Äußerung seines Sohnes sichtlich peinlich war.

»Tut mir leid, kleiner Mann, die Zugbrücke war leider ausverkauft«, versuchte der Weihnachtsmann das alternative Geschenk zu rechtfertigen.

»Aber nicht im Internet«, konterte Paul barsch. »Bei Toys Online ...«

»Paul! Jetzt reicht es aber!«, legte sein Vater nach. »Bedanke dich gefälligst.«

»Danke«, hauchte der Junge.

»Lauter!«

»Danke!«

Andrea versuchte die entgleiste Stimmung zu retten und nahm Onkel Alwin das leere Glas aus der Hand. Ein Nicken reichte ihr als Auftragsbestätigung. In der Küche füllte sie zwei Gläser und leerte das kleine in einem Zug. Sie trank still und heimlich auf das Ende der Weihnachtstage, auf die Tage zwischen den Jahren, wie ihre Mutter immer sagte, auf die Silvesterparty bei den Baumanns, auf den 6. Januar, wenn Peter den Baum wieder abschmückte. Dazu benötigte sie allerdings noch ein zweites Glas.

Als sie zurück ins Wohnzimmer kam, hielt ihr Marlene eine DVD-Box unter die Nase. *Ice Age*. Sämtliche Teile.

»Das ist ja eine tolle Überraschung!«, lächelte Andrea, die wusste, was ab nun ununterbrochen im Wohnzimmer zu sehen sein würde. Wortlos reichte sie dem Weihnachtsmann das Glas. Seine Nase schien dicker als sonst zu sein.

Alwin war nicht nur verschroben, sondern auch ein Perfektionist. Wenn auch nur in bestimmten Dingen.

Über die Geiselnahme hatte er nie gesprochen. Der Täter war nie gefasst worden. Wie er es geschafft hatte, aus der Bank zu entkommen, konnte nicht geklärt werden. Eine halbe Million soll er damals erbeutet haben. Alwin war eine der fünf Geiseln gewesen. Das war im Grunde alles, was sie wusste. Und natürlich, dass Alwin sich verändert hatte. Der Sonderling war noch sonderbarer geworden, hatte sich noch mehr zurückgezogen. Den Weihnachtsmann aber hatte er nicht aufgegeben, früher hatte er ihn schon bei ihr und ihren Eltern gespielt, dann jedes Jahr bei ihren Kindern.

Paul stürmte an der Küche vorbei.

»Ein neuer Bergfried! Ein neuer Bergfried!«

Andrea trat mit dem großen Glas in den Flur und verlor fast das Gleichgewicht, denn der Hund galoppierte bellend an ihr vorbei.

»Sitz! Sitz!«, hörte sie ihren Mann aus dem Wohnzimmer, wo sich Seppi vor dem Weihnachtsmann in Stellung gebracht hatte. Der rote Riese war aufgestanden und starrte den Hund an.

»Das ist nur das Kostüm«, sagte Andrea und übergab ihm das Glas. »Das irritiert ihn.«

»Sitz!«, wiederholte Peter, erzielte jedoch keinerlei Reaktion des Hundes. Andrea packte ihn schließlich am Halsband und zerrte ihn aus dem Wohnzimmer.

»Der macht mich noch mal wahnsinnig!«, fluchte sie auf dem Weg zu Marlenes Zimmer, das als neues Verlies herhalten musste. Auf dem Rückweg legte sie in der Küche eine kurze Pause ein.

»Ein Barbiemobil!«, juchzte Marlene. »Ein Barbiemobil!«

»Oh nein«, hauchte Andrea, die von Freunden wusste, wie lange der Zusammenbau dauern konnte.

»So, mein Sack ist nun leer«, sagte der Weihnachtsmann. »Ich werde euch jetzt verlassen und den Hirschmüllers einen Besuch abstatten.«

»Hirschmeyers«, lachte Marlene. »Die heißen Hirschmeyer.«

»Wie konnte ich das nur vergessen«, brummte der rote Riese. »Aber es sind eben viele Kinder an diesem Abend.«

»Aber du willst doch nicht schon gehen?«, fragte Peter. »Mutter kommt gleich noch. Nach der Kirche. Du weißt schon.«

»Ich weiß, ich weiß. Aber ich muss wirklich los«, antwortete der Weihnachtsmann und behielt seine tiefe Stimme bei. »Grüßt sie von mir. Doch vorher muss ich noch schnell auf die Toilette. Wo war die noch gleich?«

»Die letzte Tür links«, antwortete Peter verwundert.

»Papi, du musst mir helfen«, bat Marlene zu seinen Füßen. Den Teppich hatte sie bereits mit den zahllosen Einzelteilen des pinkfarbenen Fahrzeugs verziert.

»Erst nach der Bescherung«, entgegnete Peter, während der rote Riese das Wohnzimmer verließ. »Erst, wenn alle Geschenke ausgepackt sind.«

»He! Du machst ja alles kaputt!«, beschwerte sich seine Tochter, die Mühe hatte, den Berg aus Plastikteilen gegen seine Füße zu verteidigen.

»Der wird wirklich immer sonderbarer«, stellte Andrea fest. »Der war doch schon bei uns auf dem Klo. Egal. Eigentlich bin ich fast froh, dass er gleich wieder geht.«

»Deine Mutter kommt noch«, gab Peter zu bedenken.

»Ich weiß. Und mit Seppi müssen wir auch noch raus«, seufzte sie.

»Das mach ich, wenn Alwin gegangen ist.«

»Haben wir Klebstoff?«, fragte Marlene. »Ich glaube, für die Räder braucht man Klebstoff.«

»Wir bauen das Ding später zusammen«, antwortete Peter. »Pass auf, dass keine Teile verloren gehen. Am besten sammelst du alles wieder ein und tust es zurück in den Karton.«

»Der ist kaputt.«

»Dann nimm eine der Plastiktüten.«

»Die sind auch kaputt.«

Peter sah sich um und entdeckte den Karton, in dem der Bergfried gesteckt hatte.

»Hier.«

»Den will ich aber nicht.«

»Den nimmst jetzt aber«, fauchte Peter. »Alles da rein.«

»Der braucht aber lange«, meinte Andrea.

»Kein Wunder, bei dem Kostüm. Allein der Bauch. Ob er da mit einem Kissen hingekommen ist?«

»Bestimmt nicht«, vermutete Andrea. »Ich schau trotzdem einmal nach.«

»Jetzt lass ihn doch! Das dauert eben«, bremste Peter. »Hol uns lieber auch ein Glas Wein.«

Andrea verließ wortlos das Wohnzimmer, ging aber nicht in die Küche, sondern zur Toilette. Auf leisen Sohlen, die Ohren in Alarmbereitschaft. Vor der Tür lauschte sie konzentriert, vernahm aber keinen Laut. Sie verharrte eine Minute und zog sich zurück. Da verließ wenige Meter vor ihr der Weihnachtsmann das Zimmer von Paul.

»Alwin?«, rief sie überrascht, wenn auch nicht sehr laut.

Der Weihnachtsmann erstarrte und drehte sich langsam um.

»Ich dachte, du wolltest zum Klo?«, fragte Andrea.

»Da war ich auch.«

»Und was machst du bei Paul im Zimmer?«

»Ich habe mir den Bergfried angesehen«, erklärte der Weihnachtsmann. »Der Paul hat wirklich eine tolle Burg. Jetzt muss ich aber los.«

Im Vorbeigehen warf sie einen schnellen Blick in das Zimmer ihres Sohns. Paul hatte den Bergfried ausgetauscht und beseitigte offenbar weitere Schäden, deren Verursacher im Zimmer nebenan mal mehr, mal weniger laut protestierte.

Im Wohnzimmer krochen Marlene und Peter auf Knien umher, um nach verschollenen Teilen des Barbiemobils zu fahnden.

»Alwin möchte gehen«, unterbrach Andrea die groß angelegte Suchaktion. Peter stand auf und wandte sich dem Onkel zu.

»Danke für deinen Besuch, für die Geschenke«, sagte er und reichte ihm die Hand.

»Hohoho!«, erwiderte der Weihnachtsmann.

»Marlene!«, mahnte Peter.

»Danke, Onkel Alwin«, gehorchte das Mädchen, stand aber nicht auf, sondern suchte weiter.

An Pauls Tür ließ der Weihnachtsmann ein weiteres Mal seinen berühmten Gruß erklingen, erhielt jedoch keine Antwort. Der Bergfried bereitete Probleme, insbesondere das Fundament.

»Bis bald mal«, verabschiedete sich Peter, während Andrea dem Weihnachtsmann lediglich zunickte.

»Bis bald«, lächelte der Weihnachtsmann ein wenig gönnerhaft und verschwand im Treppenhaus.

»Was meinst du?«, fragte Andrea ihren Mann im Flur.

»Wozu?«

»Onkel Alwin natürlich!«

»Was soll ich sagen? Er ist eben ein sonderbarer Kauz. Ich weiß nicht, was ihm an seiner Show so gefällt. Vielleicht ist es ein Ritual, das er braucht, das ihm Halt gibt.«

»Das glaubst du doch wohl selbst nicht«, entgegnete sie sauer. »Ein Ritual, das einmal im Jahr stattfindet, soll ihm Halt geben? Wahrscheinlich macht er den Kindern einfach gern eine Freude. Er war wieder mal sehr großzügig mit seinen Geschenken. Aber er muss ja auch nicht sparen.«

»Das war eine Erbschaft, oder?«

»Keine Ahnung. Er hat nie etwas darüber gesagt. Geht uns auch nichts an. Es hat ihm damals sehr geholfen. Nach dieser Sache.«

»Hat er eigentlich Erben?«, dachte Peter laut.

»Ich weiß, was du denkst«, stöhnte Andrea. »Marlene und Paul.«

»Das hast du gesagt. Aber es ist doch zumindest denkbar.«

»Du und deine Gedankenspiele«, seufzte sie. »Komm, lass uns jetzt die Kinder zusammensuchen. Wir haben ja auch noch Geschenke für die beiden, auch wenn sie vergleichsweise bescheiden ausfallen.«

»Wein?«

»Okay, erst ein Glas Wein. Alwin hat heute ganz schön zugelangt.«

Kaum hatten sie die Küche erreicht, klingelte es.

»Meinst du, er hat etwas vergessen?«, fragte Peter. »Ich gehe schon. Kümmere du dich um den Wein.«

Vor der Tür stand aber nicht der Weihnachtsmann, sondern eine kleine Frau, Mitte siebzig. Ihr graues Haar verschwand unter einem zu groß wirkenden Hut, auch der Mantel schien mindestens eine Nummer zu groß zu sein.

»Mutter?«

»Mutter?«, echote es aus der Küche. Andrea kam umgehend zur Tür, um ein weiteres Mal »Mutter?« zu sagen.

»Ich hatte meinen Besuch doch angekündigt«, rechtfertigte die sich und kam mit kleinen Schritten ins Haus. Seit einem Sturz tippelte sie noch mehr als vorher.

»Hast du, ja, hast du«, nickte Andrea. »Aber es ist doch erst ...«

»Es ist gleich halb acht«, unterbrach ihre Mutter den Satz. »Die Kirche ist aus. Es war grauenhaft.«

»Ich dachte, du liebst den Pastor?«, fragte Andrea.

»Es war diesmal ein anderer. Ein junger. Der hat nur so ein modernes Zeug gepredigt. Am Heiligabend. Grauenhaft. Helft mir mal.«

Peter nahm ihr die Tasche ab und half ihr aus dem Mantel.

»Ist Alwin noch da?«

»Nein. Du hast ihn knapp verpasst.«

»Schade«, sagte Mutter. »Ich wollte ihn etwas fragen. Wo sind die Kinder?«

»Kinder!«, posaunte Peter durch die Wohnung. »Oma ist da!«

Nichts rührte sich.

»Marlene! Paul!«

»Was ist denn?«, quälte sich Paul aus seinem Zimmer.

»Oma ist gekommen!«

Langsam besserte sich die Laune des Zehnjährigen, der seit fast einem Jahr unter einer mittelalterlichen Krise litt.

»Frohe Weihnachten, Oma!«

Peter lächelte zufrieden und hoffte, eines Tages noch mehr Früchte seiner Erziehung ernten zu können.

Während Paul der Großmutter nur seine Hand zur Begrüßung gereicht hatte, entschloss sich Marlene zu einer

Umarmung und einem Wangenküsschen, verbunden mit dem Hinweis, mit größter Vorsicht über den Teppich zu laufen. Sie lächelte kurz und ging wieder zu Boden.

»Ihr habt mit der Bescherung auf mich gewartet?«, wunderte sich Mutter, als sie die Geschenke unter dem Baum bemerkte.

»Wir sind heute schon den ganzen Tag spät dran«, entschuldigte sich Andrea.

»Wie war Alwins Weihnachtsmann?«

»Grandios!«, schwärmte Peter. »Einfach perfekt. Echter als der echte Weihnachtsmann. Und er hat sich wieder mal nicht lumpen lassen.«

»Suspekt war er«, widersprach Andrea.

»Wie meinst du das?«, hakte Mutter nach.

»Das kann ich dir nicht mal genau sagen«, antwortete Andrea. »Er kam mir heute noch sonderbarer vor als sonst. Fremd. Ja, das ist das richtige Wort. Fremd kam er mir vor. Oder verwirrt? Ich weiß es nicht.«

»Ich müsste ihn auch mal wieder besuchen«, meinte Mutter. »Vor einem Jahr war ich zuletzt bei ihm. Aber wenn er heute hier war, dann geht es ihm ja gut. So, dann lasst uns mal die Geschenke auspacken.«

»Kinder!«, rief Peter. »Bescherung!«

Aus dem weihnachtlichen Untergrund tauchte Marlene auf und präsentierte grinsend ein kleines Plastikteil, das ihrer Oma jedoch nichts sagte. Erst jetzt stach ihr dafür der Baum ins Auge, den sie von oben bis unten einer eingehenden Prüfung unterzog.

»Lobenswert!«, lächelte sie.

»Es war bestimmt das letzte Teil«, freute sich Marlene. »Papa hat auch geholfen.«

»Der Baum«, betonte die Großmutter. »Ich meine den

Baum. Und ihr habt tatsächlich nur eine von Omas Kugeln aufgehängt. Wie schwer muss euch das gefallen sein.«

»Gefallen ist das richtige Wort«, flüsterte Peter seiner Frau zu, die keine Miene verzog, sondern in die Küche ging, um zwei volle Weingläser zu holen.

»Hier. Trink das«, sagte sie trocken zu ihrem Mann.

Nicht nur Paul fand sich jetzt im Wohnzimmer ein, sondern auch der Hund, der sich sofort auf Andreas Mutter stürzte.

»Stopp! Sitz! Aus!«, befahl das Herrchen, das tropfende Glas in der Hand.

»Wolltest du nicht mit ihm vors Haus gehen?«, fragte Andrea und setzte das Glas an den Mund. Seppi tanzte um ihre Mutter, Marlene tanzte mit und lachte.

»Nach der Bescherung«, zögerte Peter die angekündigte Tat hinaus und versuchte sich ein letztes Mal als Dompteur: »Sitz, Seppi! Sitz!«

»Lass es! Bitte!«, sagte seine Frau. »Der beruhigt sich schon wieder. Er kann ja nichts dafür.«

»Wofür?«

»Dass er da ist.«

Andrea begann, den Wein zu spüren, bemerkte die Entspannung, die von ihm ausging, und ließ sich auf einem der Sessel nieder. Der Hund folgte ihr und fand neben dem Sessel einen geeigneten Platz.

»Jetzt packt schon aus«, sagte Peter und nahm den anderen Sessel. Für seine Schwiegermutter blieb noch die Couch.

Von neuer Weihnachtseuphorie erfasst zerrten die Kinder ein Geschenk nach dem anderen unter dem Baum hervor. Da sich ihre Eltern gegenseitig, wie vor Jahren vereinbart, nichts schenkten, war die Verteilung keine wirkliche Herausforderung. Die Freude hielt sich allerdings in

Grenzen, denn ihre Eltern bevorzugten Geschenke, die sie für sinnvoll erachteten. Ruhe breitete sich aus.

»Sag mal, Mutti, wie ist Alwin damals noch mal zu seinem Geld gekommen? War das eine Erbschaft?«, fragte Andrea von ihrem Sessel aus.

Ihre Mutter dachte kurz nach und servierte eine Gegenfrage: »War das nicht ein Gewinn?«

»Weißt du noch, wann das war?«, fragte Andrea.

»Auf jeden Fall nach dieser Sache in der Bank«, wusste Mutter. »Ja, es muss um diese Zeit gewesen sein. Alwin hat dann gleich bei seiner Firma gekündigt. Ihm ging es ja auch lange gar nicht gut. Das muss man erst mal alles verdauen.«

»Den Gewinn?«, grätschte Peter in das Gespräch.

»Die Geiselnahme«, ärgerte sich Andrea. »Er war in der Hand eines gefährlichen Gangsters. Über viele Stunden.«

»Er hat nie etwas darüber erzählt«, erinnerte sich Mutter. »Nur der Polizei. Das war eine komische Sache damals. Als dieses Sondereinsatzdings die Bank gestürmt hat, war der Gangster verschwunden. Genau kann ich euch aber auch nicht sagen, wie das war.«

»Das kann man bestimmt googeln«, meldete sich Paul zu Wort.

»Lass mal. So wichtig ist das auch nicht«, meinte Andrea. »Möchte noch jemand ein Glas Wein?«

»Ja, ich«, antwortete Peter.

Andrea kroch aus ihrem Sessel und kam mit einer neuen Flasche zurück.

»Trinkt nicht so viel!«, mahnte Mutter. Sie öffnete ihre Tasche und hielt nach kurzer Suche zwei weiße Umschläge in der Hand. »Das ist für die Kinder. Für ihre Sparbücher.«

»Heute gibt es keine Sparbücher mehr, Mutti«, sagte Andrea. »Trotzdem vielen, vielen Dank.«

»Und ihr bedankt euch auch!«, rief Peter, worauf Marlene und Paul ihrer Oma ein Lächeln schenkten.

Peter wollte noch nachlegen, öffnete den Mund, nutzte ihn dann aber für einen kräftigen Schluck.

Das Telefon störte die Idylle, klingelte hässlich.

»Barbara! Wetten?«, mutmaßte Andrea.

»Du musst rangehen«, meinte Peter.

»Ich?«

»Ja, du.«

Andrea verließ ihren Sessel, verließ den Wein. Der Hund sprang auf, folgte ihr aber nicht, sondern kroch ins Unterholz aus Geschenkpapier und Tannenzweigen.

»Seppi!«, rief Peter.

Der Baum zitterte, vibrierte, schwankte. Die letzte von Omas Kugeln wurde von dem Beben erfasst, löste sich vom Zweig, landete jedoch nicht im Geschenkpapierhaufen, sondern auf dem nackten Fliesenboden zwischen Teppich und Couch. Ohne theatralisches Geräusch zerbarst sie in tausend Stücke.

»Seppi!«, schrie Peter. »Du selten blöder Hund!«

Andrea floh mit dem Telefon in der Hand. Sie floh in die Küche und hörte dem Anrufer zu.

»Wie gut, dass ihr euch für nur eine Kugel entschieden habt«, meinte Mutter. »Eine weise Entscheidung. Jetzt sind immerhin noch elf Kugel übrig. Hütet sie gut, sage ich euch. Hütet sie gut.«

»Machen wir«, raunte Peter und holte den Staubsauger, nicht ohne zuvor seine Kinder zu warnen: »Finger weg von den Scherben!«

Die letzte Kugel, die angeblich hundert Jahre überdauert hatte, wurde in Sekundenbruchteilen von einem Aluminiumrohr inhaliert. Nichts blieb zurück. Allenfalls ihr Mythos.

»Erledigt«, stellte Peter fest und ließ den Hund unter und hinter dem Baum gewähren.

»Und? Was sagt die gute Barbara?«, fragte er, als seine Frau in der Tür erschien. »Was ist mit dir? Geht es dir nicht gut?«

»Das ist bestimmt der Wein«, meinte Mutter. »Ihr sollt nicht so viel trinken.«

»Nun sag schon!«, forderte Peter.

Andrea ließ sich Zeit, sah die Kinder an, sah ihren Mann an, sah ihre Mutter an.

»Onkel Alwin ist tot.«

»Sag das noch mal!«

»Onkel Alwin ist tot«, sagte sie kaum hörbar.

»Aber ... aber, der war ja gerade noch hier«, meinte Peter und stand auf. »Er war doch vor einer halben Stunde noch hier. War es ein Unfall? Es kann ja nur ein Unfall gewesen sein. Oder ein Herzinfarkt. Jetzt rede endlich!«

Totenstille. Sogar der Hund bewegte sich nicht. Alle Augen waren auf Andrea gerichtet.

»Er wurde ermordet. Jemand hat ihn erschossen.«

»Auf offener Straße? Wer ermordet denn einen Weihnachtsmann? Auf offener Straße? An Heiligabend?«

»Nein, nein!«, begann Marlene zu schluchzen. »Armer Onkel Alwin.«

»Er wurde in seinem Haus ermordet. Heute Mittag so gegen ein Uhr«, sagte Andrea leise. »Sein ganzes Haus wurde auf den Kopf gestellt. Der Mörder muss etwas gesucht haben.«

»Aber wer ...?«

»Das ist eine gute Frage.«

Tommie Goerz

Einmal nur noch fliegen

»*Ich wäre so gerne noch einmal geflogen.*« Kommissar Eichenbrett sah auf den Zettel und dann seinen Assistenten Knechtel fragend an. »Weißt du, was das bedeutet?«

Knechtel nahm das Stück Papier, las, gab es Eichenbrett zurück. »Nein, keine Ahnung.«

Die beiden Ermittler hielten sich vorerst im Hintergrund, der Gerichtsmediziner und zwei von der Spurensicherung machten noch ihre Arbeit. Pinselten, nahmen Abstriche und Proben, maßen Temperaturen, fotografierten, machten Notizen.

»Und – natürlicher Tod?«

Der Gerichtsmediziner hob bei der Leiche ein Augenlid an, leuchtete hinein, tat das Gleiche beim anderen Auge und zuckte mit den Schultern. »Schwer zu sagen. Ich werde ihn erst aufmachen müssen. Allerdings ...«

Der Nachbar Zehnagel war es gewesen, der die Polizei gerufen hatte. Er war am Vormittag noch hier beim Siebzehn gewesen, sie hatten Kaffee getrunken, auf dem Balkon eine geraucht und sich einfach so unterhalten. Gschmarri halt, Fußball, Wetter, die Baustelle unten und so. Zehnagel als Hartzer hatte ja immer Zeit, aber auch Siebzehn, seit der so krank war. Gewesen war, genauer gesagt. Dem wäre es manchmal viel lieber gewesen, er hätte keine Zeit, denn keine Zeit zu haben, also etwas zu tun, das lenkte ab. Wenn man aber Zeit hatte, dachte man nur über alles nach, ob man wollte oder nicht. Und das hatte dem Siebzehn so gar keinen Spaß mehr gemacht, denn dem hatte der Tod ja schon auf der Schulter gesessen. Drei Monate noch, hatten die Ärzte gesagt, mit seinem Bauchspeicheldrüsenkrebs. Was soll man denn da noch denken, wenn man nur rumsitzt und Zeit hat? Und deswegen war der Zehnagel öfter herüben gewesen, so auch am Vormittag. Gegen Mittag dann sei er wieder zurück zu sich in seine Wohnung, habe dann aber, das war keine halbe Stunde später, gemerkt, dass er seinen Stift drüben vergessen hatte, seinen guten, den teuren Kuli, mit dem er so gerne schrieb, und deshalb sei er noch einmal zurückgekommen. Den Schlüssel hatte er ja, seit der Siebzehn so krank war, damit er reinkäme, wenn etwas wäre. Und kurz vorher hatte er noch die Türe gehen hören drüben, da hatte er gedacht, der Siebzehn sei vielleicht runter, etwas einkaufen oder auf ne Runde in den Park. Machte er öfter, wenn ihm die Decke auf den Kopf fiel, und das tat sie oft in der letzten Zeit. »Ist ja auch blöd, wenn du bloß noch ein paar Wochen hast und du nicht weißt, was du tun sollst.«

Zehnagel kratzte sich am Kopf. »Ja, und dann ist er so dagelegen, so komisch krumm, und hat sich nicht mehr gerührt. Und geschnauft hat er auch nicht mehr.«

»Jetzt halten Sie doch einfach mal die Klappe und reden erst, wenn Sie gefragt werden«, grunzte Eichenbrett und wartete darauf, dass der Gerichtsmediziner endlich seine Antwort vervollständigte. Oder sollte es das schon gewesen sein, wollte – oder konnte – der nicht mehr sagen?

»Auf jeden Fall sieht es mir nach Gift aus.« Der Gerichtsmediziner öffnete dem Siebzehn den Mund, deutete auf seine Zunge. Er leuchtete ihm unter die Augenlider und zeigte dann auf die eine Hand, die wie im Krampf erstarrt war. Und auf das Glas, das umgestürzt neben Siebzehn lag.

»Das muss ich erst alles untersuchen, dann wissen wir mehr.«

»Und wie lange wird das dauern?«

»Zwei Tage – oder eineinhalb. Morgen Nachmittag wissen wir mehr.« Damit richtete sich der eine der Spurensicherer auf. »So, wir hätten's jetzt dann so weit.« Auch der zweite richtete sich auf und drückte sein Kreuz durch. »Ja, wir sind durch. Was ist mit dir, Leichenschaber?«

»Fertig. Den Rest mache ich bei mir auf dem Tisch.«

Die Leiche von Siebzehn wurde in eine weiße Hülle gesteckt, auf eine Trage gewuchtet und dann hinaustransportiert. Auch die Spurensicherung hatte ihre Taschen wieder gepackt, sie streiften sich drüben im Gang gerade ihre weißen Overalls ab.

»Du hörst von uns.«

»Alles klar, bis morgen.«

Endlich waren sie allein in der Wohnung, nur Zehnagel stand noch in der Eingangstür und sah den beiden neugierig zu. Sollte er doch bleiben.

»Sagt Ihnen dieser Zettel etwas?«, fragte Knechtel und reichte Zehnagel das Stück Papier hinüber.

Der las »*Ich wäre so gerne noch einmal geflogen*« und sah Knechtel mit traurigen Augen an. »Ja.«

»Ja?«

»Ja, das war Siebzehn. Sein großer Traum. Er hätte so gerne noch einmal eine große Weltreise gemacht.«

»Aber das konnte er nicht, wegen seiner Krankheit?«

Siebzehn schüttelte den Kopf. »Konnte er nicht: Ja. Wegen seiner Krankheit: Nein.«

»Verstehe ich nicht, das müssen Sie mir erläutern.«

Zehnagel fühlte sich gebauchpinselt und wichtig, dass er etwas gefragt wurde. So stand er nicht nur blöd und wie neugierig herum. »Ach, wissen Sie, Siebzehn hatte schon seit vielen Jahren einen ganz großen Traum: Er wollte einmal in die Südsee fahren. Polynesien. Auf die Inselgruppe Vanuatu. Malekula, Pentecost, Tanna, Ambrym.«

Davon hatte Knechtel schon einmal etwas gehört. »Weil's die bald nicht mehr gibt, ist das nicht so? Wegen dem Klimawandel?«

Zehnagel schüttelte den Kopf. »Das verwechseln Sie mit Tonga. Die Inseln Tongas werden in den kommenden Jahrzenten langsam absaufen, weil sie so flach sind. Die sind auch da unten irgendwo im Pazifik, da haben Sie schon recht, aber ein paar Hundert Kilometer weg. Oder Tausend.«

»Oh ja, da wäre ich jetzt auch gern, da ist es bestimmt herrlich warm«, mischte sich Eichenbrett mit ein, während er in ein paar Notizbüchern blätterte, die er drüben auf der Kredenz gefunden hatte, »und nicht so unwirtlich und kalt wie hier.« Draußen nämlich trieb ein eisiger Ostwind pulveriger Schnee durch die Straßen, und jetzt, gegen 14 Uhr, wurde es schon wieder dunkel. Fünf Tage noch bis Weihnachten.

»Ja, warm ist es da schon, aber eher drückend und schwül. Ich weiß nicht, ob ich dort hinwollte. Aber der Siebzehn hat seit Jahren davon geträumt.«

»Und warum?«

»Ach wissen Sie, das hatte er sich so in den Kopf gesetzt.«

»Also einfach so ein Traum von der Südsee.« Knechtel kniete gerade drüben am Boden und besah sich irgendetwas an der Fußleiste. Dann stützte er sich wieder hoch.

»Nein, ganz anders. So naiv war der Siebzehn nicht. Der wusste ganz genau, was ihn da drüben erwartet hätte. Hitze, Moskitos, unfreundliche Leute ...«

»Und warum wollte er *dann* dorthin?«

»Irgendwo muss hier ein Buch herumliegen, schon völlig zerfleddert und zerlesen, von Robert James Fletcher: *Inseln der Illusion. Briefe aus der Südsee.* So ein kleines Taschenbuch. Syndikat Verlag, den gibt es schon gar nicht mehr. Aus den 80er-Jahren, komplett vergilbte Seiten.«

»Und deswegen wollte er dorthin?«

»Ja, er wollte das Leben, das der Schreiber dort erlebt hat, nachvollziehen. Vor allem die Qualen.«

»Qualen?«

Zehnagel hatte sich inzwischen einen Hocker herangezogen. »Der Schreiber dieser Briefe, der Engländer Robert James Fletcher, Jahrgang 1877, war ein grandioser Scheiterer, der sich das aber nicht eingestand. 1912 hat er sich von Montevideo aus zu den Neuen Hebriden aufgemacht, weil er ins unberührte Paradies wollte. Er hat sich dort dann jahrelang von Insel zu Insel durchgeschlagen. Als Verwalter auf Plantagen, als Gerichtsschreiber, Dolmetscher, was weiß ich. Hat sich mit den Eingeborenen herumgeärgert und mit Outlaws aller möglichen Nationalitäten, mit Abgestürzten, Trinkern, Kriminellen, sehr abenteuerlich. Während all dieser Zeit hat er immer Briefe an einen Freund in London geschrieben und sein Leben geschildert. Malaria, Vulkanausbrüche, Berufswechsel, Inselwechsel, Stürme ... egal, dort auf jeden Fall wollte Siebzehn immer einmal hin.«

»Und warum hat er es nicht getan?«

»Weil sie ihn nicht gelassen haben.«

»Sie ihn nicht gelassen? Wer hat ihn nicht gelassen?«

»Seine Chefs.«

»Hat er keinen Urlaub bekommen oder wie?«

Zehnagel schnaufte. »Soll ich Ihnen das wirklich alles erzählen?«

»So lange wir hier zu tun haben – gerne. Oder was meinst du?« Er sah hinüber zu seinem Chef, der immer noch in den Notizbüchern blätterte.

Eichenbrett nickte. »Nur zu, und vielleicht bringt es uns ja weiter.«

»Okay, ich versuch's trotzdem kurz zu machen. Der Siebzehn war Jahrgang 1954.«

»Okay, und?«

»Für die Jahrgänge 1954 gab es doch 2006 oder 2007 oder 2008 noch mal so eine Regelung, nach der sie hätten in Rente gehen können. Vorruhestand. Als Letzte sozusagen. Schon mal davon gehört?«

»Nö.«

»Na ja, Sie sind ja auch zu jung dafür. Das war auf jeden Fall so eine Altersteilzeitregelung. Drei Jahre arbeiten für 80 %, und dann drei Jahre nicht arbeiten, ebenfalls für 80 %, und dann in Rente. Ich glaube, so war's. Er hätte also mit dieser Regelung mit 58 oder 59 in Rente gehen können.«

»Und warum hat er es nicht getan?«

»Er wollte es ja, aber ...«

»Aber was?«

»Hier kommen jetzt seine Chefs ins Spiel. Der CEO und der CFO, also der Geschäftsführer und der Oberkaufmann. Der dicke, glupschäugige Bluthochdrückler Leippert und der ewig jungsportliche Schnider.«

»Lassen Sie mich raten: Die haben ihn nicht gelassen.«

»Nicht ganz. Die beiden waren ebenfalls Jahrgänge 1954 und 1953.«

»Und?«

»Die haben, bei ihren hohen Gehältern, genau diese Regelung für sich in Anspruch genommen.«

»Ja und?«

»Hm, die Geschichte ist nicht ganz einfach. Jetzt muss man wissen, dass das Unternehmen für die Mitarbeiter, die sich für dieses Modell der Altersteilzeit entschieden hatten, irgendwelche Renten- oder Versicherungsbeiträge, was weiß ich, für die drei Jahre, in denen die dann nicht mehr arbeiteten, vorschießen musste. Für die beiden Chefs waren das locker mal 200.000 Euro. Für jeden.« Er machte eine kurze Pause und überlegte. »So hat es mir der Siebzehn auf jeden Fall immer erzählt.«

Er sah kurz auf und die beiden Polizisten an, ob sie ihm folgen konnten. Die nickten.

»Jetzt war es aber nicht so, dass dieses Geld, das das Unternehmen vorschießen musste, dann weg war, es musste eben nur drei Jahre im Voraus bezahlt werden. Oder hinterlegt, so habe ich Siebzehn immer verstanden. Es musste also heute etwas bezahlt werden, was man ohnehin zwei, drei Jahre später hätte bezahlen müssen. So weit, so gut. Als Siebzehn dann zu seinen Chefs ging und diese Regelung für seinen Vorruhestand beanspruchen wollte, lachte ihm der Oberkaufmann ins Gesicht, so hat er es erzählt, und sagte: »Das tut uns leid, aber dafür ist kein Geld da.« Die 80.000 Euro, die das Unternehmen hätte für Siebzehn vorschießen müssen, seien im Haushalt nicht vorhanden. »Aha«, hatte er da gesagt, »aber die 400.000 Euro für euren Vorruhestand waren noch da?« Da hatten sie ihn böse angesehen, und der dicke Bluthochdrückler Leippert war feuerrot angelaufen. Der, der sich über Jahre hinweg als Finanzchef des Unternehmens von Lieferanten als Gegenleistung für seine Auftragsvergaben seine Garage hatte bauen lassen, eine komplett neue Küche und mehr, war da sehr sensibel und verstand keinen Spaß. Siebzehn aber war, wie er erzählte, aufgebracht gewesen und hatte den beiden dann noch vorgeworfen: »Ihr als Chefs, also eigentlich ja als Arbeit*geber*, habt eine Regelung in Anspruch genommen und nutzt sie schamlos aus, die vom Gesetzgeber eigentlich für

Arbeit*nehmer* wie mich und meinesgleichen gedacht war – und jetzt ist das Geld weg, sind keinen Reserven mehr da? Ihr seid zwei schäbige Halunken.« Da haben sie ihn rausgeschmissen, also aus dem Raum, und nachher noch abgemahnt.

Knechtel hatte dieser Schilderung aufmerksam zugehört, doch verstand er ihren Sinn noch nicht ganz. »Und was hat das jetzt damit zu tun, dass unser Toter hier, Herr Siebzehn, nicht auf seine Inselgruppe Vanuatu konnte?«

»Na ja, das ist doch jetzt ganz einfach: Er musste, weil seine Chefs das Geld für sich verbraucht hatten und es qua Gesetz keine zweite Chance auf einen vorzeitigen Ruhestand für ihn gab, fünf Jahre länger arbeiten. Also nicht nur bis 58, sondern bis 63 – genauer: bis vor vier Monaten. Und als er dann endlich in Rente gehen konnte, da hatte er den Krebs. Da konnte er eine so weite und anstrengende Reise nicht mehr auf sich nehmen. Sein letzter großer Traum war damit zerplatzt. Endgültig. Und warum? Weil seine Chefs so asozial und eigennützig gewesen waren.«

Knechtel und Eichenbrett hatten den letzten Sätzen Zehnagels gelauscht. Eichenbrett nahm den kleinen Zettel nachdenklich noch einmal zur Hand. *Ich wäre so gerne noch einmal geflogen.* Jetzt konnte er die Wehmut und die Trauer, die aus den wenigen Worten sprach, verstehen.

»Fast tragisch.«

»Nicht fast, sondern sehr, würde ich sagen.«

»Ach ja«, schloss Zehnagel, »und jetzt ist er tot. Aber wissen Sie, was komisch ist?«

Knechtel sah ihn fragend an.

»Siebzehn hat mich vorgestern noch gebeten, für ihn zwei kleine Päckchen bei der Post aufzugeben. Und raten Sie mal, für wen die waren.«

Er legte eine kleine Kunstpause ein, um die Spannung zu erhöhen. »Für diese beiden Herren, die ihn so verarscht hatten. Für den Leippert und den Schnider.«

»Und was hat er den beiden geschickt?«

»Ich glaube, ein paar von seinen leckeren, selbst gebackenen Plätzchen. Von denen, die hier stehen. Probieren Sie mal.«

»Aber Moment mal, stopp! Der Gerichtsmediziner hat vorhin doch von Gift gesprochen, oder? Könnten die nicht vergiftet sein?«

Zehnagel lachte. »Die Plätzchen hier? Niemals. Die stehen schon seit zwei Wochen da, ich habe sie sogar mit gebacken. Und bestimmt zehn davon gefuttert. Erst heute Vormittag noch eines. Nee, nee, die sind garantiert sauber.«

»Sicher?«

»Ganz sicher.«

Trotzdem griff keiner in die kleine Schüssel mit den Backwaren. »Die lassen wir besser untersuchen«, ordnete Eichenbrett an.

»Das war übrigens Siebzehns Art von Humor«, erklärte Zehnagel, »so etwas liebte er. Das Gegenteil von dem zu tun, was man erwartete. Also nicht wütend zu reagieren, wenn jeder andere wütend gewesen wäre, sondern mit Humor. Er schickte den beiden zum Beispiel, also Schnider und Leippert, in unregelmäßigen Abständen immer wieder ganz freundlich ein paar kleine Aufmerksamkeiten oder Leckereien. Einmal etwa ein Holzbrett mit der Botschaft: *Danke für das Brett von euch – hier auch eins von mir.* Oder ein andermal eine kleine Flasche seines selbst gebrannten Obstlers mit der Botschaft *Ich bin berauscht von euch – seid ihr es auch von mir.* Es waren immer so kleine Spitzen, die er setzte, so etwas machte ihm Spaß. War auch seine Art der Psychohygiene irgendwie. Er lachte lieber, als dass er wütend war. Aber wissen Sie, was ich glaube, wenn ich ehrlich bin?«

»Ja?«

»Ich glaube, dass seine ehemaligen Chefs den Hintersinn und auch Humor dieser Geschenke nicht verstanden. Die fühlten sich nur auf den Schlips getreten. Allerdings – zurückgeschickt haben sie ihm die kleinen Aufmerksamkeiten auch nie, den Schnaps zum Beispiel haben sie gesoffen.« Er sah auf seine Uhr. »O je, jetzt muss ich aber rüber. Entschuldigen Sie, dass ich Sie so zugetextet habe. Wenn Sie noch Fragen haben oder etwas wissen wollen, können Sie jederzeit bei mir klingeln. Sie wissen ja, wo Sie mich finden.« Damit verschwand er in die gegenüberliegende Wohnung.

»Mit welcher Botschaft er wohl die Kekse gestern an die zwei versendet hat?«, überlegte Eichenbrett halblaut.

»Wahrscheinlich mit *Danke für das süße Leben* oder etwas in der Art.

»Das wäre ziemlich sarkastisch«, nickte Eichenbrett, gleichzeitig aber konnte er sich ein anerkennendes Schmunzeln nicht verkneifen. »Nicht schlecht, Knechtel.«

Am Tag darauf kam der Anruf aus der Gerichtsmedizin »Siebzehn wurde vergiftet. Oder er hat sich selber vergiftet. Sein Krebs war ja schon in einem sehr weit fortgeschrittenen Stadium, wahrscheinlich wollte er sein Leben vorzeitig beenden und nicht qualvoll den Schmerztod sterben. Anzeichen äußerlicher Gewalt haben wir keine gefunden, nur frische Keksreste im Magen. Und eben das Gift.«

Eichenbrett sah zum Fenster hinaus, wo dicke Flocken fielen. Perfektes Weihnachtswetter. »Kann es auch sein, dass dieses Gift in den Keksen ...?«

»Durchaus, ja, das ist nicht ausgeschlossen. Er kann es aber auch getrunken oder sonst wie eingenommen haben, zum Beispiel als Pulver.«

»O je, wenn das Gift in den Plätzchen war ...« Eichenbrett stoppte.

»Ja?«

»Der Nachbar hat auch von den Keksen gegessen!«

»Wann?« Der Gerichtsmediziner wirkte schlagartig hektisch.

»Gestern Vormittag, hat er gesagt.«

Sofort schien der Mediziner erleichtert. »Dann machen Sie sich mal keine Gedanken. Wenn er auch nur einen vergifteten Keks gegessen hätte, wäre er schon tot.«

»Wirklich?«

»Absolut.«

»So schnell wirkt dieses Gift?«

»Sofort.«

Jetzt wurde Eichenbrett hektisch. »Hat man nach der Einnahme noch eine Chance?«

»Nein, eigentlich nicht.«

Der Kommissar hatte sofort weitergedacht: Waren die Kekse, die Siebzehn als Weihnachtspost an seine ehemaligen Chefs verschickt hatte, womöglich vergiftet gewesen? Wollte er die beiden vielleicht auf die gleiche Reise schicken, wie er sie selbst angetreten hatte? Sie mussten sofort handeln.

»Knechtel, haben wir die Adressen von Siebzehns Chefs?«

»Von Leippert und Schnider? Nein, warum?«

»Todesursache könnten vergiftete Kekse gewesen sein. Und an die hat er doch noch Kekse verschickt.«

»Den Weihnachtsgruß!« Knechtel hatte verstanden.

»Wir müssen sofort zu Zehnagel.«

»Oder zu Siebzehn, in der Wohnung nachsehen.«

Zehn Minuten später standen sie vor Zehnagels Wohnungstür. Niemand öffnete. »Hat er vielleicht auch von den vergifteten Keksen ...«

Sie brachen die Tür auf. Die Wohnung war leer. Sie stürzten hinüber zu Siebzehns Wohnung. Nach kurzer Suche hatten sie dessen Notizbuch mit den Anschriften von Schnider und Leippert. Der eine wohnte bei Altdorf, der andere in Eschenau, beides zu weit, um schnell hinzufahren. Eichenbrett informierte Feuerwehr und Notarzt. »Falls niemand aufmacht, sofort die Türen aufbrechen und die Häuser durchsuchen. Gefahr eines Giftanschlags.«

Zwölf Minuten später erhielten Knechtel und Eichenbrett einen ersten Anruf. Der Notarzt aus Altdorf.

»Wir sind hier beim Ehepaar Schnider. Fritz-Wolfgang und Ehefrau Laurelia.«

»Und?«

»Beide wohlauf.«

Eichenbrett fiel ein Stein vom Herzen. »Gott sei Dank, dann war es wohl falscher Alarm.«

»Nein, Kommissar, heute Vormittag ist der Hund der Schniders gestorben. Nach dem Genuss dreier Kekse.«

»Aus einem Päckchen von Siebzehn?«

»Exakt.«

»Scheiße, also doch. Habt ihr etwas von Leipperts gehört?«

»Die reanimieren noch.«

»Beide?«

»Nur ihn.«

»Noch Chancen?«

»Sieht schlecht aus.«

In dem Moment hörten sie Zehnagel draußen im Treppenhaus. Knechtel hielt ihn auf. »Die Kekse an seine Ex-Chefs waren vergiftet.«

»Die ich für ihn zur Post gebracht habe?«

»Genau die.«

»Scheiße. Dann waren es die an Zöberlein und Kuhfall vielleicht auch?«

»Zöberlein und Kuhfall? Wer ist das?«

»Die Nachfolgechefs Siebzehns, nachdem Schnider und Leippert in Rente waren. Siebzehn musste da ja noch fünf Jahre arbeiten.«

»Und mit denen hatte er auch Probleme?«

»Probleme? Wenn Sie wüssten.«

»Also richtig Schwierigkeiten?«

»Wissen Sie, Eichenbrett, die beiden müssen riesige Arschlöcher gewesen sein. Was Siebzehn mir über die alles erzählt hat. Die haben ihn gemobbt, diffamiert, belogen, hintergangen, unter Druck gesetzt, fünf Jahre lang – ich könnte Ihnen Geschichten erzählen ...«

»Und denen hat er auch Kekse geschickt?«

»Weiß ich nicht. Aber für die habe ich auch Päckchen aufgegeben, vorgestern schon.«

Knechtel hatte in der Zwischenzeit längst telefoniert. Gerade legte er wieder auf. »In der Firma sind beide seit gestern nicht erschienen.«

»Begründung?«

Knechtel zuckte resigniert mit den Schultern. »Das dürfen die mir doch nicht sagen.«

»Adressen?« Für Eichenbrett musste jetzt alles schnell gehen – wenn es nicht ohnehin schon zu spät war. Sie fanden die Kontaktdaten ebenfalls in Siebzehns Büchlein.

Riefen dort an.

Nichts.

Informierten die Notdienste. Feuerwehr, Notarzt, Streifen. Draußen lag überall Schnee, aber es schneite nicht mehr.

»Haben die beiden Familie?«, wollte Knechtel von Zehnagel wissen.

»Ja, beide. Zöberlein hat Frau und Kinder, soweit ich weiß ...«

»Scheiße.«

»... und Kuhfall auch, aber die leben in Hamburg. Er ist nur am Wochenende daheim, hier hat er so was wie ne Studentenbude.«

Jetzt konnten sie nichts weiter tun als warten. Und hoffen.

Eichenbrett setzte sich in seinen Wagen und fuhr hinaus zu Leipperts Wohnstatt.

Unterwegs erhielt er Nachricht, zunächst von Zöberlein. »Alle wohlauf. Aber Nachbars Hund wurde wohl gestern vergiftet.«

Hatte Zöberlein die Kekse auf dem Nachbargrundstück entsorgt? Hatte er etwas geahnt? Nein, das konnte er nicht, außerdem hätte er dann sicher die Polizei geholt. Nein, aus dem Entsorgen, wenn es denn so gewesen war, sprach Abscheu gegenüber dem Absender – und damit ein mieser Charakter. Und nette Nachbarschaft. Sein Wagen schlingerte ein bisschen auf dem Schnee, aber brach nicht aus. Da erreichte Eichenbrett der Anruf von dem Trupp, der bei Kuhfall in Hamburg war.

»Und?«

»Tot.«

»Nur er?«

»Nur er.«

Eichenbrett legte auf, bog ab in die Siedlung, wo Leippert wohnte, kurz darauf parkte er in dessen Einfahrt. Dass die auch jeden Dreck fressen müssen, dachte er nur.

Auf dem Schreibtisch, an dem Leippert, wie es aussah, zusammengesunken und gestorben war, lag ein aufgerissenes Päckchen mit noch einem Keks darinnen sowie eine begonnene, handgeschriebene Postkarte. *Lieber Siebzehn, jetzt hast du es ja auch endlich in deinen wohlverdienten Ruhestand geschafft*, las der Kommissar und dachte sich: Soll das jetzt witzig sein? Oder war es gewollt zynisch? Oder schlicht dumm? Er las weiter: *Ich kann dir sagen: Die Rente ist ein Genuss – ein größerer als deine Weihnachtsplätzchen ;-) Trotzdem: Danke dafür. Sie schmecken sehr –* an dieser Stelle brach der Text auf der Karte ab. Hoffentlich ist ihm seine Arschlochhaftigkeit wenigstens in den letzten Sekunden noch bewusst geworden, schoss es Eichenbrett durch den Kopf.

»Sagen Sie«, fragte er den Beamten, der in der Tür stand und niemanden von den neugierigen Nachbarn hereinließ, »wo ist Leipperts Frau? Und hatte er Kinder? Wo sind die?«

»Leippert lebte allein. Die Kinder sind schon vor Jahren ausgezogen, sie kommen auch nicht mehr hierher, sagen die Nachbarn. Und seine Frau hat ihn erst letzthin verlassen.«

»Hat man sie schon verständigt?«, fragte er und dachte für sich: Sie wird schon ihren Grund gehabt haben. Er trat ans Fenster und sah hinaus in den Schnee, der alles verwandelte, alles so ruhig und friedlich machte, der sich über alles legte und das, was darunter war, überdeckte – und doch alles nur für eine gewisse Zeit einfror und es dann wieder an die Wirklichkeit ließ. Irgendwann. Fast unverändert. Eichenbrett seufzte. Was hatte Siebzehn auf seinem Zettel notiert? *Ich wäre so gerne noch einmal geflogen.*

Wer weiß, wo er jetzt war – und wo die anderen, die er mit ins Jenseits genommen hatte. Kuhfall, Schniders Hund Rex, den Nachbarhund der Zöberleins und den übergewichtig bluthochdrücklerisch cholerischen Leippert. Jetzt war er nicht mehr cholerisch. Nichts mehr mit Aufbrausen. Und nichts mit Ruhestand.

Thomas Kastura

Die Venus vom Staffelberg

Ein durchs Frankenland Reisender, der sich dem Staffelberg von Süden nähert, über Kümmel und Dittersbrunn, und der bei Sträublingshof die falsche Abzweigung nimmt, gerät in die verlassene Gegend rund um den Dornig. Das Gelände steigt an, und die vom Tann verschatteten Hügel rücken enger zusammen. Man sieht kaum bebaute Felder, einzelne verstreute Gebäude sind von Alter und Verfall gezeichnet. Ohne zu wissen, warum, scheut man sich, eine jener einsiedlerischen Gestalten nach dem Weg zu fragen, die man hier und dort erblickt, wie sie verzweifelten Käfern gleich in Misthaufen herumstochern oder das Eis von den Windschutzscheiben ihrer aufgetunten Seat Leons kratzen.

Brandeisens Füllfeder flitzte wie ein Weberknecht übers Papier. Er hielt kurz inne, schaute durchs Wagenfenster nach draußen und schrieb weiter. »Die Leute hier haben etwas so Verschlossenes, ja Verstohlenes«, sagte er dabei laut, »dass man sich unbewusst verbotenen Dingen gegenüber wähnt, mit denen man lieber nichts zu tun haben möchte.«

Seit Kurzem hielt der Staatsanwalt seine Beobachtungen und Kommentare in einem Notizbuch fest.

Kommissar Küps schwieg.

Über den Baumkronen kam der Staffelberg in Sicht, woraufhin sich Brandeisens ungutes Gefühl verstärkte. Diese Wälder waren so finster und drohend, dass er sich unwillkürlich weit fort wünschte. Aber die Pflicht rief.

Hinter einer Brücke entdeckte er ein kleines Dorf, nicht mehr als ein paar Häuser, eine Ansammlung verfaulender

Walm- und Satteldächer, eingezwängt zwischen steilen Hängen und dem Talgrund. »Hier muss es sein«, raunte er.

Bei dichtem Schneefall schob sich die Schnauze des Dienstopels ins Zielgebiet. Der Keilriemen kreischte, die Bremsen jaulten, die Stoßdämpfer ächzten.

Es war der erste Weihnachtsfeiertag, da blieben der Landmann und auch die -frau bevorzugt in ihrem Gehäus. Das Klößwasser auf dem Herd siedete, das Kraut verkochte zu einer schleimigen Masse, und die Gans briet vor sich hin, Fetttropfen für Fetttropfen absondernd wie unter Folterqualen.

Doch Mittag war vorüber, es ging auf halb drei.

»An normalen Maßstäben gemessen ist diese Landschaft überaus schön«, meinte Brandeisen. »Doch vor dreihundert Jahren, da man noch nicht mit Hexenzauber, Satansverehrung und seltsamen Waldwesen Spott trieb, wusste man noch Gründe, warum man diesen Ort mied.«

Küps seufzte. Anscheinend war der Staatsanwalt wieder in einer seiner »Stimmungen«. Dann wirkte seine Ausdrucksweise so antiquiert wie eine holzwurmzerfressene Kommode. »Haben Sie Ihre Blutdrucktabletten wieder mit den kleinen bunten Pillen aus der Asservatenkammer verwechselt?«

»Sie scherzen, mein Guter. Nein, seit einiger Zeit widme ich mich der Darstellung von Mythen, Monstrositäten und Aberglauben. Eine durchaus lehrreiche Tätigkeit.«

»Echt jetzt?« Küps wusste einen guten Zombiefilm zu schätzen. Die verlangsamten Bewegungen der Untoten erinnerten ihn an sein eigenes, urfränkisches Lebenstempo.

»Die älteste und stärkste Emotion des Menschen ist Furcht«, dozierte Brandeisen. »Und die älteste und stärkste Form der Furcht ist die Angst vor dem Unbekannten.«

»Wenn Sie es sagen.« Der Kommissar stellte seinen Opel vor einem Haus im Dorf ab, wo bereits das SUV des Rechtsmediziners und zwei Streifenwagen parkten.

Sie stiegen aus.

Die Begrüßung war alles andere als festlich, weder die Kollegen, denen der Weihnachtsstress ins Gesicht geschrieben stand, noch die Angehörigen des Todesopfers waren besonders gut aufgelegt. Mit versteinerten Mienen saßen Letztere in der Küche: ein eher klein geratener Mann in mittleren Jahren, jetzt Witwer; zwei dickliche Buben, zehn und zwölf, sowie die spindeldürre Großmutter. Ein Wachtmeister aus Lichtenfels führte Brandeisen und Küps ins Wohnzimmer zur Leiche.

Paula Pölz war an einem Kartoffelkloß erstickt, wie der Rechtsmediziner mitteilte. Sie bot keinen schönen Anblick.

Die 55-jährige Hausfrau saß noch auf dem Stuhl, auf dem sie sich zum Essen niedergelassen hatte, einer robusten Eichenkonstruktion. Ihr Kopf lag im Nacken, die Augen und der Mund waren geöffnet zu einem letzten, wenn auch vergeblichen Atemzug, die Arme hingen an den Seiten herab. Ihr Körper steckte in einer eng anliegenden Kittelschürze, die sämtliche Wölbungen, Rundungen und Ausbuchtungen deutlich hervortreten ließ, und davon gab es viele. So gut wie alles an der sterblichen Hülle von Paula Pölz war über die Maßen ausgeprägt: Hüfte, Bauch, Brüste, Oberarme sowie ein mächtiger, dauerbewellter, nahezu kugelförmiger Schädel.

»Die Venus von Willendorf!«, entfuhr es Brandeisen.

»Wer?«, fragte Küps.

»Kennen Sie nicht die berühmte Frauenstatuette? Fast 30.000 Jahre alt, ein Kuriosum der Frühgeschichte.«

»Im Original elf Zentimeter hoch«, schaltete sich Doktor Fabrizius, der Rechtsmediziner, ein und fügte mit pathologischem Grinsen hinzu: »Total nackt.« Er hatte sich bereits an die Arbeit gemacht und die Leiche untersucht.

»Hier, schauen Sie mal.« Mit diesen Worten hielt er Küps sein Handy hin. Auf dem Display war eine nicht ganz jugendfreie Steinskulptur zu sehen. Sofort fielen die üppigen Proportionen ins Auge, erst auf den zweiten Blick die detailliert dargestellten Geschlechtsmerkmale.

»Sie immer mit Ihren Sauereien!«, protestierte der Kommissar, konnte aber eine gewisse Ähnlichkeit mit der Leiche nicht abstreiten. »Bei uns in Bamberg wär des a Blunzn.«

Der Rechtsmediziner vergrößerte die Ansicht auf seinem Handy. »Damals hatten Frauen noch was auf den Rippen!«

»Verhungert ist die bestimmt net ...«

»Ruhe!«, ging der Staatsanwalt dazwischen, doch die Angehörigen von Paula Pölz befanden sich zum Glück außer Hörweite. »Schluss mit Sexismus! Haben Sie überhaupt keinen Anstand?« Der Staatsanwalt verstand sich nämlich als inoffizieller Frauenbeauftragter des Oberlandesgerichts. Gegen schlüpfrige Zoten und die Niederungen des Herrenwitzes schritt er ohne zu zögern ein. »Außerdem ist die Frau tot. Ich möchte doch um ein bisschen Pietät bitten!«

»Spielen Sie sich nicht so auf, Brandeisen!«, sagte der Rechtsmediziner, den sein Beruf zum Zyniker hatte werden lassen. »Wir unterhalten uns nur über sachdienliche Hinweise.«

»Was Sie so ›sachdienlich‹ nennen ... Dann fangen wir mal an mit der Ermittlung. Todesursache?«

Doktor Fabrizius wies auf eine Edelstahlschale, in der sich der Kartoffelkloß beziehungsweise seine weitgehend intakten Überreste von der Größe eines Golfballs befanden. »Ein überraschend kompaktes Exemplar«, erklärte er. »Und ungewöhnlich klein. Hat den Kehlkopf verschlossen wie eine Kugeldichtung. Da kam keine Luft mehr durch.«

»Wollen Sie damit sagen, dass Frau Pölz versucht hat, den Kloß unzerkaut zu schlucken?«, fragte Brandeisen.

»Sieht so aus.«

»Ist das nicht merkwürdig?«

»Auf dem Land herrschen seltsame Sitten. Und Leute wie Frau Pölz hauen rein wie die Scheunendrescher.«

»Das lässt sich schwerlich bestreiten.«

»Aber Sie haben recht«, fuhr Doktor Fabrizius fort. »Hier kommt mir in der Tat so einiges merkwürdig vor. Deshalb wurden Sie ja verständigt.«

Die Teller, Platten und Schüsseln, die noch auf der festlichen Tafel standen, waren völlig kahl gefressen, als wäre eine Schar Bauernkatzen darüber hergefallen. Klöße, Sauerkraut, Soße – alles restlos verschwunden, vermutlich in den Mägen der Familienmitglieder. Nur von der Gans waren noch ein paar abgezullte Knochen übrig.

»Anscheinend hat Frau Pölz den Kloß zuallerletzt in Angriff genommen, am Ende dieses verhängnisvollen Weihnachtsessens.« Brandeisen beugte sich nach vorn und betrachtete den Minikloß in der Edelstahlschale. »Er wirkt so harmlos. Dabei ist er gewissermaßen das Corpus Delicti, meinen Sie nicht?«

»Absolut. Irgendetwas stimmt mit diesem Kloß nicht.«

Der Staatsanwalt verharrte sinnend vor der Kartoffelkugel. »So klein und doch so tödlich ... Verrätst du uns dein dunkles Geheimnis?«

Küps, der eine Zeit lang geschwiegen hatte, wagte einen Vorstoß. »Haben Sie den Kloß schon angeschnitten, Herr Doktor?«

»Das wollte ich eigentlich erst im Labor machen.«

»Warum nicht auf der Stelle?«

»Ja, genau«, pflichtete Brandeisen dem Kommissar bei. »Ich denke, eine Vor-Ort-Autopsie ist unter diesen Umständen vertretbar. Vielleicht erfahren wir dann mehr, bevor wir die Angehörigen befragen.«

»Kein Problem.« Doktor Fabrizius holte sein mobiles Sezierbesteck, nahm ein Skalpell heraus und schaltete sein Diktiergerät ein. Er sprach die üblichen Details auf Band, Datum, Uhrzeit, wer außer ihm noch anwesend war und so weiter. Dann gab er eine äußerliche Beschreibung von Beweisstück A: »Die Oberfläche ist auffallend glatt. Ich vermute, es handelt sich um einen Kloß aus gekochtem Kartoffelteig.«

»Ein seidener Kloß«, ergänzte Küps, »im Gegensatz zu rohen Klößen aus dem Nürnberger Raum ...«

»... und der weitverbreiteten Halb-und-halb-Variante«, assistierte Brandeisen.

Der Mediziner zückte ein Maßband. »Durchmesser 4,2 Zentimeter. Derart kleine Klöße werden häufig geformt, wenn vom Teig nur eine geringe Menge übrig ist.« Schließlich setzte er das Skalpell an. »Einschnitt auf zwölf Uhr!«

Die rasiermesserscharfe Klinge durchtrennte den kleinen Kloß genau in der Mitte. Er klappte auseinander.

Drei Köpfe reckten sich über Beweisstück A, aus dem gerade die Beweisstücke A1 und A2 geworden waren. Ein bisschen sah es aus wie auf dem berühmten Rembrandt-Gemälde *Die Anatomie des Dr. Tulp*.

»Keine Kloßbröggäla!«, rief Küps triumphierend. »Hab ich's mir doch gedacht.«

»Im Inneren des Kloßes befinden sich keine in Butter gerösteten Weißbrotwürfel«, präzisierte Doktor Fabrizius fürs Protokoll, »sogenannte ›Kloßbröggäla‹, wie sie Verwendung finden, um Klößen eine gewisse Lockerheit und somit eine leichtere Verzehrfähigkeit zu verleihen.«

»Und schauen Sie sich die Textur an!«, setzte Brandeisen hinzu. »Viel fester als bei einem herkömmlichen seidenen Kloß, der ja überwiegend aus Kartoffelteig und nur ein wenig Kartoffelmehl besteht. Es würde mich nicht wundern, wenn hier übermäßig viel Weizenmehl Type 550 mit höchster Klebereigenschaft beigemischt wurde.«

»Gut beobachtet!«, sagte der Mediziner.

»Respekt!«, kam es von Küps.

Offenbar waren die drei oberfränkischen Kriminaler sämtlich Kloßexperten. Das zeigte sich schon daran, dass keiner die in Mittelfranken, Altbayern, Österreich und Südtirol gebräuchlichere Bezeichnung *Knödel* benutzte.

Aber zu viel Mehl im Kloß? Was hatte das zu bedeuten?

Sie waren sich einig: Falls Frau Pölz keine ausnehmend schlechte Köchin gewesen war oder ihr ausgerechnet am ersten Weihnachtsfeiertag die Kartoffeln ausgegangen waren, was man auf dem Lande nahezu ausschließen konnte, musste hier etwas faul sein.

Doktor Fabrizius packte seine Instrumente sowie die beiden Kloßhälften ein und wünschte weiterhin gutes Gelingen. »Ich werde noch bei einer Gallenkolik und einer Leberzirrhose gebraucht – das Übliche an Weihnachten.«

»Was hat diese Frau bloß verbrochen?«, sinnierte Brandeisen. »So einen Tod hat niemand verdient.«

»Ein guter Rat: Gehen Sie mal aufs Gästeklo.«

»Warum?«

Der Arzt wies auf die Füße der Leiche. Sie steckten in offenen Kunststoffschuhen mit zahlreichen Luftlöchern, sogenannten Crocs. Trotz des Winters hatte Paula Pölz keine Socken getragen.

Als sich Brandeisen über die unförmigen Treter beugte, nahm er einen komischen Geruch war. Irgendein synthetischer Duftstoff. Diese Füße waren eindeutig nicht mit Myrrhe gesalbt worden.

»Was ... ist ... das?«

Doktor Fabrizius blieb ihm eine Antwort schuldig und machte sich grinsend aus dem Staub.

Der Abtransport der Leiche ließ auf sich warten. Zum einen war der Kleinbus der Spurensicherer in einer Schneewehe – oder einer Brauereiwirtschaft? – stecken geblieben. Aber da es ohnehin nicht mehr viele Spuren zu sichern gab, fiel das nicht ins Gewicht. Und bis der Bestatter zur Überführung der Leiche eintraf, konnten noch Stunden vergehen.

Die Lichtenfelser Kollegen blieben bei den Buben und der Großmutter in der Küche. Brandeisen und Küps fingen mit dem Witwer an – natürlich nicht im Wohnzimmer, wo Paula Pölz ihren ewigen Schlaf schlief, sondern im Windfang, dem Eingangsbereich des Anwesens.

Pius Pölz war mindestens einen Kopf kleiner als seine verstorbene Gattin. Und halb so schmal. Die – durch Heirat auf ihn gekommene – Landwirtschaft hatte er aufgeben müssen wegen zu starker Konkurrenz durch Großbetriebe. Stattdessen arbeitete er als Busfahrer auf der Strecke Lichtenfels–Kronach. Und wie sich herausstellte, hatte er einen Abschluss der Uni Bamberg als Kunsthistoriker, Spezialgebiet »Flämische Porträtminiaturen«. Leider interessierte sich kein Schwein für flämische Porträtminiaturen im Gegensatz zu niederländischen Porträtminiaturen, nicht einmal die Flamen selbst, sodass Pius Pölz nach einer denkwürdigen Sandkerwa, auf der er seine Paula spontan kennen- und lieben gelernt hatte, am Staffelberg gestrandet war.

Dies alles holten die beiden Ermittler nach und nach aus ihm heraus, quasi zum Aufwärmen, bevor es ans Eingemachte ging. Brandeisen, fast zwei Meter messend, und Küps, ähnlich klein wie Pölz, aber genauso breit wie hoch, tauschten stumme Blicke. Kleiner Kloß, kleiner Mann – zeichnete sich hier ein Muster ab?, schienen sie sich zu fragen.

»Kommen wir zum Ableben Ihrer Frau Gemahlin«, setzte der Staatsanwalt an. »Das muss ein ziemlicher Schock gewesen sein ...«

»Ich kann's nicht fassen!«, greinte Pölz. »So etwas liest man doch nur in schlechten Krimis! An Weihnachten an einem Kloß erstickt.«

»Wie war denn das Essen?«, wollte Küps wissen.

»Das Essen?«

»Na wegen dem Kloß.«

»Da kommt's mir ja gleich wieder hoch!« Pölz schlug angewidert eine Hand vor den Mund und dann, sichtlich erschüttert, beide Hände vors Gesicht.

»Tut mir leid, aber für unsere Ermittlung ist das unabdingbar«, beharrte Brandeisen. »Wir interessieren uns für jede Einzelheit.«

»Das Essen, also gut.« Der Mann fing sich wieder. »Na ja, es war wie immer. Zuerst habe ich eine Frittatensuppe gemacht, und dann kam die Gans mit Kraut und Klößen auf den Tisch. Seit Jahren läuft das so bei uns. Paula langt ordentlich zu. Sie hat ... hatte einen gesunden Appetit. Am Ende war der kleine Kloß noch übrig, den wollte keiner, und Paula ›hat sich erbarmt‹, wie sie gern sagte.«

»Moment mal ...«, hakte Küps ein. »*Sie* haben gekocht?«
»Klar.«

»Gar nichts ist klar«, widersprach Brandeisen. »Man

würde doch annehmen, Ihre Frau wäre für die Zubereitung der Speisen verantwortlich gewesen.«

»In welchem Jahrhundert leben Sie denn? Bei uns bin *ich* der Koch. Ist das so ungewöhnlich, dass der Familienvater das übernimmt?«

»Nein«, sagte der Kommissar. »Ich mein, so lang 's allen schmeckt.«

»Es gab nie Klagen von Paula und den Kindern.«

Brandeisen stellte die Frage der Fragen: »Heißt das, *Sie* haben den Kloß fabriziert, der den Tod Ihrer Frau herbeigeführt hat?«

Pius Pölz starrte die beiden verdattert an. Dann dämmerte es ihm. »Glauben Sie, ich hätte meine Frau mit Absicht ... indem ich den Kloß härter als sonst ... damit er ihr im Halse stecken bleibt? Aber das würde ja bedeuten ... Halten Sie mich für einen Mörder?«

»Wir dürfen keine Möglichkeit ausschließen.« Brandeisen blieb unnachgiebig.

Pius Pölz begriff die Schwere der Anschuldigung. »Nicht genug, dass ich mir endlos Vorwürfe machen werde, aber das geht zu weit! Gut, Paula war manchmal etwas anstrengend, aber ist das ein Grund ...?« Ihm versagte die Stimme.

»Das mit dem Kloß kann ja auch ein Versehen gewesen sein«, räumte Küps ein. Der Mann tat ihm zunehmend leid.

»Wir sind durch dick und dünn gegangen!«, schluchzte Pölz. »Und die Raten für den Kredit hätten wir auch irgendwie aufgebracht. Ich wollte einen zweiten Job annehmen, im Ausschank der *Staffelberg-Bräu* in Loffeld. Wir hätten das schon geschafft.«

Brandeisen warf Küps erneut einen Blick zu. Aha. Geldsorgen. Anstrengende Ehefrau. Allmählich drangen sie zum Mordmotiv vor.

»Halt!« Pölz erstarrte. »Ich war ja nicht allein in der Küche. Meine Mutter hat mir geholfen!«

»Ihre Mutter?«, fragte Küps. »Also ... Paulas Schwiegermutter?« Er schaute auf den Zettel, den er von den Lichtenfelser Kollegen erhalten hatte. »Paloma Pölz. Interessanter Name.«

»Mein Großvater war Seemann.«

»Und Paloma ging Ihnen heute zur Hand?«

»An Weihnachten ist das immer eine Heidenarbeit, dann weiß man nicht mehr, wo einem der Kopf steht. Suppe, Gans, Klöße, Kraut und Nachtisch – der ist übrigens noch im Kühlschrank, Bayrisch Creme.«

Brandeisen nickte gewichtig. »Dann sollten wir Ihre Mutter in die Befragung einbeziehen.« Er hielt inne. »Vorher müsste ich aber Ihre Toilette benutzen.«

»Erste Tür links.«

Hinter der ersten Tür links befand sich das Gästeklo. Auf den ersten Blick sah es ganz normal aus. Dann bemerkte Brandeisen, was der Rechtsmediziner gemeint hatte. An den Wänden und auf dem Boden, in Regalen und unter dem Waschbecken waren allerlei Tiegel und Tuben gestapelt. Alle enthielten Fußbutter.

Sie begaben sich in die Küche. Dort saß Paloma Pölz auf einem Stuhl und hantierte mit ihrem Strickzeug. Ein Polizist stand gelangweilt daneben. Die beiden Söhne hatten auf ihre Zimmer gehen und ihre Spielkonsolen hochfahren dürfen. Vom oberen Stockwerk hörte man virtuelle Maschinengewehrgeräusche und täuschend echte Todesschreie. »Ego-Shooter« nannte man diese Abmurksszenarien, wie Brandeisen von seinem schwer erziehbaren Neffen wusste. Er beschloss, nach den Feiertagen die Polizeipsychologin zur Traumabewältigung der Halbwaisen herbeizurufen. Sie hatte eine Herkulesaufgabe vor sich.

Paloma Pölz indes nahm eine Masche nach der anderen auf. Das Wort »spindeldürr« beschrieb sie überaus treffend, ein zusammengeschrumpftes Hutzelweib, gebeugt von der Last der Jahre, Unsagbares, vielleicht auch Unfassbares in einem schwer verständlichen Kauderwelsch vor sich hin murmelnd. »Böses Ende«, hörte Brandeisen aus dem Singsang heraus, »musste ja so kommen«, »nicht ungestraft, oh nein, nicht ungestraft«. Sie wirkte in sich gekehrt, als wolle sie diesen vom Tod ihrer Schwiegertochter umwölkten Tag mit Stricknadeln und karmesinroter Wolle zu einer Geschichte verarbeiten – ein bisschen wie die Nornen der nordischen Mythologie, die bekanntlich von Göttern, Elfen und Zwergen abstammen und die Schicksalsfäden der Menschen spinnen.

»Was stricken Sie da?«, fragte Brandeisen, nachdem er Küps und sich der alten Dame vorgestellt hatte.

»Ein Käpplein«, erklärte sie, ohne aufzuschauen.

»Das ist aber ziemlich klein. Wem soll es denn passen?«

»Keine Sorge. Das passt schon.«

Pius Pölz schüttelte bedauernd den Kopf. »Meine Mutter lebt manchmal in ihrer eigenen Welt«, flüsterte er den Ermittlern zu. »Geben Sie nichts darauf.«

»Auf eigene Welten gebe ich viel«, widersprach Brandeisen. »Da öffnen sich einem manchmal Tore oder Fenster in ein Zwischenreich, von dem nur noch die Alten Kenntnis besitzen. ›Es ist nicht tot, was ewig liegt, bis dass die Zeit den Tod besiegt.‹ Leider stammt das nicht von mir.«

Küps drehte die Augen zur Decke. »Tatortbegehung, Herr Staatsanwalt! Net so viel schmarrn.«

»Natürlich, Herr Kommissar. Ich wollte nur … wegen

meiner Forschungen bezüglich Mythen, Monstrositäten und Aberglauben ...«

Eine Handbewegung von Küps brachte Brandeisen ausnahmsweise zum Verstummen.

Zunächst machten sie sich daran, den Kochvorgang zu rekonstruieren. Der Kloßtopf stand noch auf dem Herd.

Pius Pölz wies auf eine große Steingutschüssel. »Darin habe ich die gekochten Kartoffeln durch die Presse gedrückt und nach dem Abkühlen zu einem Teig verknetet, zusammen mit ein bisschen Kartoffelmehl, Milch und Eiern. Dann Abschmecken mit Salz und geriebener Muskatnuss. Aus der Masse haben wir die Klöße geformt, geröstete Brötchenwürfel in die Mitte gegeben, und ab ins kochende Wasser. Eigentlich darf es nicht mehr richtig kochen, die Klöße sollen nur ziehen. Nach gut 20 Minuten mit der Schaumkelle rausnehmen und fertig.«

»Wo waren die Klöße, bevor sie ins Wasser kamen?«, fragte Küps sachkundig.

»Auf zwei Schneidbrettern, die habe ich schon gespült.« Pius Pölz holte die Bretter aus einem großen Schubfach. »Hier. Sie lagen auf der Arbeitsfläche neben dem Herd.«

»Frei zugänglich?«

»Klar.«

»Legen Sie die Bretter bitte dorthin, wo sie sich bei der Zubereitung der Klöße befanden«, verlangte der Kommissar.

Pius Pölz tat, wie ihm geheißen.

»Und alles ist jetzt genauso, wie es vor einigen Stunden war?«

»Ungefähr.«

Eine typisch fränkische Küchenzeile, etwa aus den 1980er-Jahren, Elektroherd, Spülbecken, Spülmaschine

und allerlei Schränke, Arbeits- und Ablageflächen, Koch-
utensilien und so weiter.

»Kein Dunstabzug?«, fragte Küps. »Der Raum muss doch
voller Dampf gewesen sein, wegen dem Klößkochen. Zusätzlich die Suppe, die Gans in der Röhre und das Kraut ...«

»Ich mache immer das Fenster auf.« Pius Pölz deutete
auf ein Kunststofffenster über der Arbeitsfläche.

»Bei der Kälte heute?«

»Eine kleine Abkühlung in der Küche schadet nie. Und
wenn es draußen kalt ist, zieht es hier umso schneller
durch.«

»Demonstrieren Sie uns das mal.«

»Bitte sehr.« Pius Pölz öffnete das Fenster. Ein kalter
Luftschwall kam herein, zugleich drang die Küchenluft in
einer Dunstwolke hinaus. Wärmeaustausch.

Hinter dem Fenster lag ein schneebedecktes Gehölz,
kränkliche, wie unter Schmerzen verdrehte Korkenzieher-
weiden, deren Zweige bis an das Haus heranreichten. Ein
Stück weiter begann der Wald, in der Ferne sah man den
Staffelberg. Es dämmerte bereits. Das ohnehin schwache
Tageslicht wurde von dem schattigen Talgrund schier ver-
schluckt.

Brandeisen legte den Zeigefinger ans Kinn. »Wer hat den
kleinen Kloß denn nun geformt?«

»Ich nicht«, antwortete Pius Pölz, »daran würde ich
mich erinnern.«

»Sind Sie sicher?«

»Ganz bestimmt. Ich hatte mit der Gans alle Hände voll
zu tun, damit sie eine schöne Kruste bekam. Mit Brühe
übergießen, den Grill aufdrehen und so weiter. Wenn man
nicht aufpasst, verbrennt die Haut, das ist diffizil.«

»Verstehe.«

»Warst du es, Mama?« Pius Pölz wandte sich Paloma zu. »Mama! Hör mit dem Stricken auf! Die Polizei will etwas Wichtiges wissen.« Er nahm seine Mutter liebevoll in den Arm und beugte sich zu ihr hinunter. »Du hast mir doch bei den Klößen geholfen. Hast *du* den kleinen Kloß gemacht?«

Sie hielt kurz inne. Dann schüttelte sie energisch den Kopf.

Brandeisen betrachtete die beiden Schneidbretter. »Könnte es eventuell sein, dass jemand von draußen durch das geöffnete Fenster hereingelangt hat?«

»Theoretisch«, meinte Pius Pölz. »Direkt unter dem Fenster steht eine alte Bank, die ist von hier aus nicht zu sehen, zugewachsen und total moosig. Das Fenster geht ja nach Norden, niemand setzt sich da hin.«

»Ist Ihnen etwas aufgefallen, Frau Pölz?«, fragte Brandeisen. »Hat jemand von draußen hereingelangt und den kleinen Kloß aufs Schneidbrett gelegt?«

Paloma Pölz unterbrach ihre Strickarbeit und schaute hoch. Ihre Augen funkelten lebhaft. »Paula kam in die Küche«, sagte sie mit überraschend klarer Stimme. »Zum Abzählen.«

Brandeisen zog die Augenbrauen hoch. »Wie bitte?«

»Eins, zwei, drei – Sie wissen doch, wie man abzählt?«, sagte sie unwirsch.

»Was hat sie denn abgezählt?«

»Die Klöße, Jungchen. Alle Klöße im Topf.«

»Warum denn das?«

»Weil sie geizig war.«

Nach den Aussagen von Pius und Paloma Pölz stellte sich heraus, dass Paula Pölz zeitlebens tatsächlich kontrolliert hatte, ob nicht zu viele Klöße auf den Tisch kamen. Drei für sich selbst, je zwei für die beiden Buben und je einen für ihren Mann und ihre Schwiegermutter. Neun Klöße also. »Es hätte aber einer mehr sein müssen«, sagte die Großmutter. »Zehn.«

»Warum ein zusätzlicher Kloß?«, fragte Brandeisen. »Und warum dieser Geiz? Was hat Paula denn von früh bis spät getrieben? Im Melderegister steht ›Freiberuflerin‹. Was kann ich mir darunter vorstellen?«

»Die Landwirtschaft haben wir ja bleiben lassen«, sagte Pius Pölz. Er zögerte.

Immer noch drangen martialische Geräusche vom oberen Stockwerk herunter. Offenbar waren die Buben nach wie vor mit dem Niedermähen feindlicher Heerscharen oder vielmehr Monsterwellen beschäftigt, denn das Gestöhn, Gebrüll und Gewinsel klang zunehmend unmenschlich.

»Paula war … Influenzerin«, sagte Pius Pölz schließlich.

»Was?«

»Influence – Einfluss. Sie war viel im Internet unterwegs. Hat allerlei Filmchen ins Netz gestellt, Werbung halt.«

»Werbung wofür?«, fragte Brandeisen.

»Für alle möglichen Pflegeprodukte.«

Als ewiger Junggeselle hatte auch der Staatsanwalt die Untiefen des World Wide Web entdeckt. Dort präsentierten sich die verschiedensten Leute mit irgendwelchen Kosmetika und taten so, als schmierten sie sich den ganzen Tag mit Cremes und Tinkturen ein. »Wofür machte Ihre Frau denn genau Werbung?«

»Vor allem für Fußbutter.«

Endlich konnte Küps etwas beitragen. »Meine Frau benutzt das auch, jeden Abend vor dem Fernseher. ›Verwöhnen Sie Ihre trockenen und beanspruchten Füße‹, sagt sie immer, so ein Reklamespruch. Soll nach Latschenkiefer riechen.« Er verzog das Gesicht. »Riecht aber eher nach Gorgonzola.«

»Paula hat all unser Geld dafür ausgegeben – und von den Firmen nie was zurückgekriegt. Jetzt steht das ganze Gästeklo mit dem verdammten Zeug voll. Fehlschlag auf der ganzen Linie.« Pius Pölz klang verbittert. »Sie hat uns zum Sparen verdonnert. Nichts durften wir uns mehr leisten. Alles ging für die blöde Fußbutter drauf, und fürs Essen natürlich. Und für Videospiele, mit denen hat sie die Kinder ruhiggestellt, damit sie am Computer ungestört blieb. Was hat sie sich immer aufgeregt über die schlechte Internetverbindung hier im Tal!« Pölz holte tief Luft. »Sagen wir, wie es ist: Sie war eine Plage. Ich weiß, dass ich mich damit selbst belaste, aber es musste einfach heraus.«

Küps ging zum Gästeklo, um sich persönlich von den Fußbuttervorräten der Influenzerin zu überzeugen. Als er zurückkehrte, hatte er noch mehr Mitleid mit Pölz. »Armer Hund«, brummte er.

Motive gab es zuhauf, dachte Brandeisen. Anscheinend hatten die Pölzens unter der Raffsucht einer Diktatorin gelitten – das hielt keine Familie lange aus. Ob es die wunderliche Schwiegermutter, der frustrierte Ehemann oder beide in Komplizenschaft gewesen waren, die Paulas Leben ein Ende gesetzt hatten – es lief auf einen Indizienprozess hinaus. Der stand jedoch auf schwachen Beinen. Kein Geständnis, nur ein paar dünne Schlussfolgerungen mit einem Kloß als Beweisstück, mehr hatte er nicht. Einem Kloß, den niemand hergestellt haben wollte. Vielleicht konnte er nicht einmal Anklage erheben. Für jeden Richter musste dies alles nach einem Unfall aussehen.

»Kennen Sie die alte Sage?«

Brandeisen zuckte zusammen. Paloma Pölz hatte sich, gestützt auf einen Stock, neben ihn geschoben und ihren Mund dicht an sein Ohr gebracht.

»Die Sage von den Querkerla«, fuhr sie fort. Sie sprach das rätselhafte Wort »Querkerla« ehrerbietig und zugleich ängstlich aus, wie eine Beschwörungsformel, von der man nicht genau wusste, was zwischen Himmel und Erde und darüber hinaus sie bewirken mochte.

»Nie gehört.« Der Staatsanwalt horchte auf. »Erzählen Sie mal!«

»Was du wieder redest, Mama!«, mischte sich Pius Pölz ein. »Das sind doch Ammenmärchen.«

Plötzlich erklang aus dem ersten Stock ein tiefer, heiserer Laut, der von keinem bekannten Wesen zu stammen schien. Es war ein grauenhaftes, dunkles Krächzen, herausgelockt aus den schwärzesten Abgründen der Vorstellungskraft – gefolgt von zwei spitzen Schreien.

Dann nichts mehr.

»Die Kinder!«, rief Pius Pölz, stürzte aus der Küche und lief die Treppe hinauf, Brandeisen und Küps hinterdrein.

Welch widerliches, unbeschreibliches Geschöpf hatte das Hutzelweib so leichtfertig herbeigerufen?, fragte sich der Staatsanwalt, während er drei Stufen auf einmal nahm. Was hatte dort oben bei den beiden Buben Gestalt angenommen, das besser nicht seinen Weg in die Gefilde der Sterblichen gefunden hätte? Querkerla ... Es klang wie ein Fluch aus einer Zeit vor jeglicher Zeit, aus den lichtlosen Höhlen und Schlünden der Frühgeschichte, als die Venus von Willendorf noch als Gottheit angebetet worden war und nie gekannte, längst vergessene Kreaturen den Gletscherspalten einer eisbedeckten Welt entstiegen waren, über alle Maßen hungrig nach erdalterlangem Schlaf ...

Das obere Stockwerk lag im Dunkeln. Man hörte ein Tappen und Schlurfen. Es roch nach den Schwefeldämpfen der Hölle.

Brandeisen holte sein Handy hervor und schaltete die eingebaute Taschenlampe ein. Hinter sich vernahm er das asthmatische Keuchen von Küps.

Zwei blutunterlaufene Augenpaare starrten ihm entgegen – wohl eine Folge exzessiven Videospielens, denn die dicken Buben waren unverletzt.

»Wir wollten grad das Bossmonster killen«, maulten sie. »Scheiß Stromausfall.«

»Geschieht euch ganz recht!«, schimpfte Pius Pölz, der nicht besorgt, sondern verärgert zu seinem Nachwuchs emporgeeilt war. »Müsst ihr es immer übertreiben?«

»Wir dürfen spielen, so lange wir wollen!«, kam es unisono zurück.

Kurz darauf ging das Licht wieder an. Offenbar hatte es aufgrund der überlasteten Spielkonsole einen Kurzschluss gegeben. Die Sicherung des oberen Stockwerks war herausgesprungen. Im Erdgeschoss hatte Paloma Pölz wohl den Stromkasten geöffnet und das Malheur behoben.

Allerdings war die Spielkonsole hinüber. Sie qualmte noch ein bisschen, daher der Höllengestank.

»Kommen Sie«, forderte Küps seinen Ermittlungspartner auf. »Wir haben hier nichts mehr verloren.«

Widerstrebend gab Brandeisen nach. Ein Unfall auch dies, mit einer naheliegenden Begründung, so sein Fazit. Die Monster waren nur eingebildet, sie entsprangen seiner Fantasie beziehungsweise den digitalen Unterhaltungsmedien. Obwohl ihm allmählich Zweifel kamen, wer hier die wahren Monster waren.

Sie verabschiedeten sich im Windfang.

»Der Bestatter müsste demnächst eintreffen, keine Ahnung, wo der bleibt«, sagte Küps zu Pius Pölz. »Wir müssen leider los.«

»Alles Gute, trotz allem«, wünschte Brandeisen.

Pölz nickte und senkte apathisch den Kopf.

Auch die Lichtenfelser Polizisten, die sich die ganze Zeit über ausschließlich ihren Smartphones gewidmet hatten, zogen ab.

Brandeisen hatte die Hand schon auf der Klinke der Haustür, da tauchte Paloma noch einmal auf. Sie schob sich an ihrem Sohn vorbei und steckte dem Staatsanwalt ein altes, an den Rändern eingerissenes Schreibheft zu. »Da steht alles drin!«, raunte sie ihm verschwörerisch zu. »Lesen Sie's! Der Pius war auf der Lateinschule, der glaubt mir nicht.«

»Danke«, konnte Brandeisen noch entgegnen, doch Paloma duckte sich schon weg und verschwand im Haus. Von drinnen krähten die Buben nach dem Abendessen.

Der Dienstopel sprang ohne zu mucken an. Küps steuerte sein treues Gefährt Richtung Straße. Kein kreischender Keilriemen, keine jaulenden Bremsen, keine ächzenden Stoßdämpfer. Die Scheinwerfer durchschnitten die Dunkelheit, als sei den altersschwachen Glühbirnchen eine Verjüngungskur verpasst worden.

»Häh?«, wunderte er sich. »Der läuft ja wie eine Eins.«

»Bitte halten Sie da vorn«, bat Brandeisen und schaltete die Innenbeleuchtung an. »Neben dem Streukasten.«

»Echt? Ich bin froh, von hier wegzukommen.«

»Nicht, bevor ich dieses Heft gelesen habe.«

»Sie wollen das *jetzt* lesen? Sind Sie von allen guten Geistern verlassen? In diesem Tal wird's mir unheimlich.«

»Was erwartet Sie denn zu Hause vor dem Fernseher? Der betörende Geruch von Fußbutter?«

Fluchend brachte Küps den Dienstopel zum Stehen. »Ich halte nur unter der Bedingung, dass wir in der *Staffelberg-Bräu* noch ein Seidla trinken. Schon für die Nerven.«

»Einverstanden.«

»Ich nehme Sie beim Wort!« Küps ließ den Motor laufen, damit sie es einigermaßen warm hatten. Er stellte die Sitzlehne zurück und machte es sich gemütlich.

Sternenklarer Himmel. Draußen hatte Nachtfrost eingesetzt.

Der Staatsanwalt schlug das Schreibheft auf und blätterte darin. Es war nicht ganz einfach, die Schrift von Paloma Pölz zu entziffern, doch nach einer Weile fand er sich zurecht und stieß auf die Stelle, von der er sich Aufklärung erhoffte. »Überschrift: Die Sage von den Querkerla«, begann er laut.

Küps gähnte. »Dann lesen Sie mal vor.«

»Einst wohnten in einer versteckten Höhle am Staffelberg kleine Wesen, Querkerla genannt. Sie waren stets hilfsbereit und freundlich zu jedermann. Bei den Menschen galten sie als gern gesehene Gäste, denn sie verrichteten manch schwere Arbeit. Sie halfen bei Krankheiten und wussten Rat in vielerlei Dingen, auch in jenen, die das Gemüt und die Herzen beschwerten.«

»Das wäre schön«, sagte Küps, gen Autodach blickend. »Jemanden zu haben, der einem zuhört.«

»Sie haben doch mich!«

»Weiter!«

»Am liebsten kamen die Querkerla in die Dörfer rund um den Staffelberg, wenn die Bäuerinnen Klöße kochten. Denn Kartoffelklöße waren das Leibgericht der Wichte. Weil sie

Klöße gar zu gern aßen und nicht genug davon kriegen konnten, stahlen sie manchmal sogar einen aus dem Kochtopf. Die Frauen wussten dies und duldeten es stillschweigend, hatten sie doch manchen Vorteil von den Querkerla.«

»Klöße ... Langsam kommen Sie zum Punkt«, sagte Küps.

»Aber eine geizige Bauersfrau gönnte den Querkerla die milde Gabe nicht. Deshalb zählte sie ihre Klöße ab, bevor sie in den Topf gelegt wurden. Die Querkerla bemerkten dies sogleich und blieben von nun an den menschlichen Wohnungen fern. Eines Tages hörte man ein Wehklagen vom Staffelberg her, und in derselben Nacht zogen die guten Zwerge fort. Sie verließen mit Sack und Pack ihren Berg, wanderten wortlos über Hügel und Flur, Stock und Stein zum Maintal und dann zum fernen westlichen Meere hin. Die Querkerla wurden niemals wieder gesehen.«

Küps schwieg eine Weile. »Traurige Geschichte. Die geizige Bauersfrau erinnert mich an jemanden ...«

»Es geht noch weiter«, sagte Brandeisen und fuhr fort. »Ein Querkerla blieb am Staffelberg zurück. Es wollte nicht an die Schlechtigkeit der Menschen glauben und wartete ab, ob die Bauersfrauen weiterhin ihre Klöße abzählten. Das taten sie, was dem Querkerla gar nicht gefiel. Es trieb allerlei Schabernack ...«

»Kurzschlüsse in den Stromkreisen«, ergänzte Küps. »Schlechte Internetverbindung.«

»... bis dieses letzte, böse gewordene Querkerla beschloss, einen Fluch auf einen Kloß zu legen. Einen Kloß, den ihm die einstmals so wohltätigen Menschen nicht gönnten. Der Kloß sollte der geizigen Köchin im Halse stecken bleiben.« Brandeisen machte eine Pause. »Ende der Geschichte.«

»Ende?« Küps richtete sich in seinem Sitz auf. »Aber das ist bis ins Detail unser Fall!«

»Sehe ich genauso«, pflichtete Brandeisen ihm bei. »Steht alles hier geschrieben – lange bevor es passiert ist, so alt wie das Heft und die Tinte aussehen.«

»Und was machen wir jetzt?«

Der Motor des Dienstopels bullerte gleichmäßig vor sich hin. Nach und nach beschlugen die Scheiben von innen.

»Was schlagen Sie vor?«, fragte Brandeisen. »Wollen Sie das Querkerla festnehmen?« Er lachte. »Irgendwo muss es noch sein. In einer Höhle, davon gibt es am Staffelberg mehr als genug. Paloma Pölz strickt ihm eine neue Mütze, vielleicht als Belohnung. Soll ich die alte Frau wegen Mitwisserschaft oder Beihilfe vor Gericht zerren? Mit diesem Heft als Beweis? Ich fürchte, damit machen wir uns nur lächerlich.«

»Stimmt«, lenkte Küps ein und schlug verdrossen gegen das Lenkrad. »Da hammä dem Dreeg a Eierla gehm.«

»Wie meinen?«

»Endlich haben wir einen Fall gelöst, aber außer Spesen ist wieder mal nichts gewesen.«

»Au contraire, mon commissaire! Meine Sammlung an Mythen, Monstrositäten und Aberglauben ist um ein illustres Stück reicher.« Brandeisen straffte seinen Rücken. Ein Stimmungswechsel war angezeigt, damit sein alter Freund nicht verzagte. »Rücken wir ab!«

»Zur *Staffelberg-Bräu*?« In Küpsens Augen kehrte der alte Glanz zurück.

»Die haben auch Fremdenzimmer. Für den Fall eines etwas ausgedehnteren Aufenthalts. Zahlreiche Biersorten stehen zur Verkostung bereit. Bestimmt hat Ihre Frau Gemahlin Verständnis.«

»Das lass ich mir nicht zweimal sagen.« Der Kommissar latschte aufs Gas, und der Dienstopel schoss voran wie ein junges Reh. »Die Reifen greifen echt gut.«

»Vielleicht hat das Querkerla Ihren alten Kübel wieder in Schuss gebracht?«, mutmaßte der Staatsanwalt. »Damit wir möglichst schnell von hier verschwinden.«

»Mir soll's recht sein.«

Brandeisen löschte die Innenbeleuchtung. Ein letztes Mal drehte er sich um.

Das Dorf lag wie begraben unter mächtigen Schneewehen, die bis an die Dächer reichten. Alles erschien ihm dunkel-weiß, weich und unbewegt.

Plötzlich fiel ihm etwas auf. Nur im Haus der Familie Pölz brannte Licht. Alle übrigen Gebäude waren unbeleuchtet und wie ausgestorben, mit leeren Fensterhöhlen und eingefallenen, zusammengesunkenen Dächern, als sei das Anwesen der Pölzens das einzige, wo noch Menschen wohnten inmitten eines Geisterdorfes. Hatte das Querkerla seinen Fluch zunächst auf die anderen Gehöfte gelegt und schließlich, nachdem es mit ihnen fertig gewesen war, den allerletzten Frevler heimgesucht?

Jetzt ging auch das Licht bei Familie Pölz aus.

Einige Stunden später nahm sich Brandeisen erneut sein Notizbuch vor. Mit benebelten Sinnen schrieb er:

Das Querkerla lebt noch, in dem Staffelberg, der es schützt seit der Zeit, da die Sonne jung war. Wer weiß das Ende? Was aufsteigt, kann wieder untergehen, was versinkt, kann wieder erscheinen. Grauenvolles wartet und träumt in diesem Tal. Möge niemand, der meine Aufzeichnungen entdeckt, seine Schritte dorthin lenken.

Küps war am Wirtshaustisch eingeschlafen. Seine Hand hielt noch das letzte Glas der Bierverkostung umklammert. Neun Sorten der *Staffelberg-Bräu* hatten sie geschafft: Pils, Märzen, Dunkel, Ährengold Festbier, Rotbier, Zwergator,

Doppelbock, Champagner-Zwerg sowie American Style Amber-Zwerchla, man musste mit der Zeit gehen.

»Aufwachen, Küps!«, lallte Brandeisen. »Jetzt kommt Nummer zehn!«

Die Bedienung war längst nach Hause gegangen und hatte den beiden trinkfreudigen Gästen den Schlüssel zu einem Doppelzimmer und ein paar Flaschen dagelassen. Der Staatsanwalt öffnete zwei und schenkte ein.

Küps schnarchte weiter.

Brandeisen schaute aufs Etikett. »Querkerla«, stand darauf, außerdem: »Mit Bergquellwasser gebraut«. Er nahm einen langen, bedächtigen Schluck. »Rauchbier, wenn ich mich nicht irre. Vollmundig, feine Würze.«

Plötzlich schreckte der Kommissar hoch. »Was?« Er sah das volle Bierglas vor sich stehen und trank.

»Und? Wie?«

»Kammä dringn«, sagte Küps und schlief wieder ein.

Brandeisen gelang es noch, den Schlusssatz für seine Notizen zu formulieren.

Ich bete darum, dass kein Auge dies je erblickt.

Anm. d. Autors: Die Sage von den Querkerla wird tatsächlich in der Gegend rund um den Staffelberg erzählt. Sigrun Radunz hat sie in ihrem Büchlein *Der Staffelberg. Wahrzeichen Frankens* wunderbar beschrieben. Auch auf der Homepage der *Staffelberg-Bräu* kann man sie nachlesen. Sogar ein Bier dieser Loffelder Brauerei ist nach ihnen benannt, das Querkerla mit »einem Hauch von Rauch«. Auf den Etiketten der *Staffelberg-Bräu* ist ein Wichtelmännchen mit roter Kappe und einem Bierkrug abgebildet – ein Querkerla. Für diese Geschichte wurde die Sage ein wenig abgewandelt ...

Susanne Reiche

Thermisches Recycling

Pötschke war schlecht gelaunt.

Für seinen Geschmack hatte der Tag ein paar Stunden zu früh begonnen, und dann war auch noch der Toast schimmlig gewesen. Auf die bescheuerte Idee, den Kühlschrank über Nacht abzutauen, war er nur gekommen, weil er am Abend mit zwei Kumpels einen Kasten Bier getrunken und einen Skat gedroschen hatte und der eine, Gerd mit dem Krötengesicht, der sich, aus Gründen die nur ihm selbst einleuchteten, für einen wahnsinnig unterhaltsamen Witzbold hielt, gegen elf plötzlich Appetit bekommen und Pötschkes Kühlschrank aufgerissen und sich minutenlang über die Eiskruste auf Stadtwurst und Presssack beeimert und anschließend bis zum Zapfenstreich dumme Scherze über den Abstieg in prekäre Lebensverhältnisse gerissen hatte, der, Kröten-Gerds unmaßgeblicher Einschätzung nach zu Recht all jene ereilte, die Mamas Nest erst mit Anfang vierzig und nicht aus freien Stücken verließen. Pötschke hätte den schimmligen Toast mitsamt der Verpackung gern mit einem satten Fluch in den Mülleimer geknallt, aber der war voll bis unter den Rand, weil der andere Depp, Pepe, den ganzen Abend Kette geraucht und einen vollen Aschenbecher nach dem anderen darin entsorgt hatte, von den leeren Kippenschachteln ganz zu schweigen. Also sah sich Pötschke, der auf das Hineinknallen des Toasts in den Mülleimer aus psychohygienischen Gründen keinesfalls verzichten wollte, gezwungen, zuerst die volle Mülltüte runterzubringen, und weil der Tag schon suboptimal begonnen hatte, passte es wie Arsch auf Eimer, dass der Aufzug nicht wollte und er vom achten Stock die Treppe nehmen musste. Auf Stockwerk drei traf er Bentheim, der sein Blockwart-Syndrom mit bezahlten Spitzeldiensten für die Hausverwaltung sublimieren durfte, anstatt, wie es sich gehört hätte, mit Elektroschocks davon kuriert zu werden. Bentheim hüstelte, wies ihn auf das Loch in der Mülltüte hin und bedingte sich aus, Pötschke möge die Sauerei im Treppenhaus umgehend bereinigen. Dem schmalen Hemd die Nase zu brechen wäre ein Leichtes gewesen, aber weil Pötschke auf Bewährung war, ließ er es schweren Herzens sein und bat Bentheim lediglich, er solle ihm den Schuh aufblasen und sich um seinen eigenen Dreck scheren. An den Mülltonnen im Hof, die zu dieser frühen Stunde noch Schneehäubchen trugen und unter festgefrorenen Deckeln litten, traf er dann die Lopez aus dem fünfzehnten, die zwar nicht Jennifer, sondern Pilar hieß, aber nichtsdestotrotz auch aus ziemlich scharfen Kurven bestand; was er ihr, ganz Gentleman, vertraulich ins Ohr flüsterte. Manche Frauen wussten Komplimente zu schätzen, andere nicht, und die Lopez gehörte offensichtlich zur zweiten Sorte, denn sie schrie gleich hysterisch herum, er solle die Hand von ihrem Arsch nehmen oder ihr Verlobter werde ihm alle Zähne ausschlagen. Die reine Sachfrage, welcher von den fünfen, die sich bei ihr im fünfzehnten die Klinke in die Hand gaben, denn ihr Verlobter sei, beantwortete die dumme Schlampe völlig unsachlich mit einer Ohrfeige.

Pötschke war also schlecht gelaunt, und der Typ mit dem affigen Obi-Anhänger, unter dessen Rädern das Schneematsch-Streusalz-Gemisch auf dem Pflaster des Recyclinghofes knirschte, kam ihm gerade recht. »Wir machen gleich zu«, raunzte er das Bürschlein an, das aus dem VW Passat ausstieg, an dem der Anhänger dranhing.

»Aber Sie haben doch bis fünfzehn Uhr geöffnet? Dann haben wir ja noch eine ganze halbe Stunde«, mischte sich die gut gepolsterte blonde Schnepfe im rosa Hausanzug ein, die auf dem Beifahrersitz gesessen hatte. Sie machte sich auch gleich an dem Anhänger zu schaffen, nestelte die Riemen auf und schlug die Plane zurück. Der Anhänger war bis unters Dach vollgestopft – ein folienbeschichtetes Pressspan-Vitrinenschränkchen mit gesprungenen Scheiben, die mit Spinnweben verhangenen Korpusse einer Einbauküche aus den Sechzigern, graue Plastiksäcke, die zehn Meter gegen den Wind nach Sondermüll rochen – Pötschke tippte auf Glaswolldämmung mit Mäusekötteln oder nicht restentleerte Gebinde Kunstharzlack.

»Ich würde gern ein paar Gelbe Säcke mitnehmen«, wünschte sich das Bürschlein, während sich die Tussi Handschuhe über die pinken Krallen zog und anfing, die Küchenschränkchen abzutragen.

»Sind aus«, beschied ihn Pötschke über die Schulter und trat der Blondine in den Weg. »So geht das nicht, Lady, das ist hier ein Wertstoffhof, keine Müllhalde. Sie müssen die Dinger schon auseinanderschrauben.«

»Ich hab den Akkuschrauber nicht dabei«, behauptete die Blondine.

»Wann gibt es denn wieder Gelbe Säcke?«, erkundigte sich das Bürschlein von der Seite. »Immer wenn ich welche brauche, sind die aus.«

»Das ist dann wohl ein tragisches Einzelschicksal«, stellte Pötschke fest, ohne Mitleid zu heucheln. Die Blondine nutzte seine Unaufmerksamkeit aus, um ein Küchenschränkchen in den Sperrmüllcontainer zu werfen.

»Was ist in den Plastiksäcken?«, erkundigte sich Pötschke, als sie zurückkam.

»Dies und das.« Sie schnappte sich das nächste Schränkchen.

»Stopp!«, schrie Pötschke. »So läuft das nicht, Schätzchen. Schraub deinen Müll auseinander oder nimm ihn wieder mit nach Hause. Die Schrauben gehören ins Altmetall!«

»Ich kann das Zeug auch in den Wald kippen«, schlug Blondie vor. »Für was werden Sie hier eigentlich bezahlt, für blöde Sprüche? Helfen Sie mir lieber beim Tragen.«

Pötschke zuckte die Achseln, was den Wald betraf, bezüglich des Helfens stellte er klar: »Ganz sicher nicht.« Davon, dass er für irgendetwas auch nur halbwegs anständig bezahlt wurde, konnte keine Rede sein – das Arbeitsamt hatte ihm den 450-Euro-Job aufgebrummt, um die Sozialkasse zu entlasten –, aber das ging Blondie wohl kaum etwas an. Er sah auf seine Armbanduhr. »In einer halben halben Stunde machen wir hier zu«, aktualisierte er die Zeitangabe. »Müsst ihr denn euren staubigen Scheiß ausgerechnet samstags und kurz vor Ladenschluss hier ankarren?«

»Ich bin erwerbstätig«, erklärte Blondie schnippisch, »drum hab ich nur am Wochenende Zeit zum Entrümpeln, und wenn Sie mich nicht dauernd von der Seite anquatschen würden, wäre ich schon längst fertig.«

Das Bürschlein nickte zustimmend und deutete dann auf einen Mann, der, eine Rolle Gelbe Säcke unter den Arm geklemmt, fröhlich pfeifend vorbeiging. »Äh …«, fing er an.

Pötschke ignorierte ihn. Er ging um den Passat herum und deutete auf das ERH-Nummernschild. »Ihr habt hier eh nix verloren«, stellte er fest. »Das Erlanger Hinterland hat eigene Recyclinghöfe.«

Blondie warf ihre lockige Mähne zurück und verdrehte die Augen. »Ich löse den Haushalt meines verstorbenen Großvaters auf«, behauptete sie. »Der hat fünfundsiebzig Jahre lang in Nürnberg gelebt – soll ich jetzt seinen Sperrmüll einmal durch den ganzen Landkreis karren, nur weil das Auto und der Anhänger meinem Kumpel gehören und der zufällig in Eckental wohnt?«

»Jaja, derlei rührende Geschichten hör ich hier den ganzen Tag«, winkte Pötschke ab. »Da könnt ich ein Buch drüber schreiben. Was ist in den Säcken?«

»Dies und das«, wiederholte Blondie. Sie wuchtete einen der Säcke auf den Rücken und ging dabei ordentlich in die Knie.

»Sondermüll nehmen wir nicht an«, erläuterte Pötschke. »Den müsst ihr zum Hafen rausfahren, der ist gebührenpflichtig. Aber falls ihr funktionstüchtige Elektrogeräte dabeihabt ...«

»Wenn ich welche finde, vertick ich die auf Ebay«, schnappte Blondie. »Oder ich schmeiß sie nachts in den Stadtparkweiher – Hauptsache, Sie kriegen sie nicht in Ihre schwieligen Hehlerpfoten.«

»Jetzt mach mal halblang«, riet Pötschke, »das kommt hier alles einem guten Zweck zugute!« Er begann, Gefallen an Miss Piggy zu finden – sie konnte anpacken, war nicht auf den Mund gefallen und wusste, was sie wollte. Sie erinnerte ihn an seine Mutter zu ihren guten Zeiten, so vor zwanzig, dreißig Jahren, als sie ihm noch Marmeladenbrote geschmiert und ihn *mein Dieterchen* genannt hatte anstatt *fauler Sack*. »Also gut«, lenkte er ein. »Ich schau jetzt mal fünf Minuten in eine andere Richtung, und wenn ich mich wieder umdrehe, will ich euch hier nicht mehr sehen. Haben wir uns verstanden?«

Das Bürschlein kramte einen Geldbeutel aus der Gesäß-tasche seiner Jeans. »Vielleicht«, sagte er und hielt einen Zehneuroschein in die Luft, »gibt es ja doch noch Gelbe Sä-cke?«

Pötschke nahm ihm das Geld aus der Hand und steckte es ein. »Nein«, sagte er dann. »Die sind aus.«

Blondie kippte den grauen Plastiksack in den Sperrmüll-container und holte gleich den nächsten. Das Bürschlein drehte sich eine Zigarette.

»Rauchen ist hier verboten«, erklärte Pötschke.

»Ich rauche ja nicht, ich hab mir nur eine gedreht. Ist das auch schon verboten?«, muckte das Bürschlein auf.

Blondie zerrte mit einiger Mühe das Vitrinenschränk-chen die Treppe zum Container hinauf. Ein anderer Kunde half ihr dabei, es über den Rand zu kippen.

»Was bist du eigentlich für ein Kavalier?«, fragte Pötsch-ke. »Lässt das Mädel hier schuften und machst dir einen Lenz?«

»Hallo?!«, maulte der Kerl. »Es war ihr Opa, nicht mei-ner, und ich krieg vermutlich kein Benzingeld. Haben wir Emanzipation, oder was?«

Blondie kehrte den Anhänger aus – ein paar Holzspäne, drei Glühbirnen, eine Handvoll verbogener Nägel.

»Hast du's dann mal, Schatz?«, fragte das Bürschlein und schwenkte seine Selbstgedrehte. »Können wir? Ich muss jetzt dringend eine rauchen, nach dem ganzen Stress.«

»Jaja«, sagte Blondie, zog die Plane wieder über den Anhänger und fixierte sie mit sicheren Handgriffen. »Und Ihnen noch einen entspannten Feierabend«, wünschte sie Pötschke mit giftigem Blick. Sie stieg diesmal auf der Fah-rerseite ein und setzte den Passat samt Anhänger gekonnt zurück. Das Bürschlein hatte seine Kippe angezündet und ließ den Ellbogen aus dem Fenster hängen, während Blondie vom Hof fuhr.

***

Das mit fünfzehn Uhr Feierabend galt natürlich nur für die Kunden. Auf dem Recyclinghof musste dann erst noch *klar Schiff* gemacht werden, wie Capo Schmitt das nannte – ein lauter, staubiger und übelriechender Vorgang, den der Capo sich bevorzugt aus dem Fenster seines Containerbüros ansah, mit einer Flasche kühlem Bier in der einen und einem Leberkäsbrötchen in der anderen Hand. Erst gegen sechzehn Uhr war Capo Schmitt heute so weit zufrieden, dass er seine Leute nach Hause gehen ließ, alle bis auf Pötschke. »Sie kehren bitte noch den Hof«, sagte er, ehe er in seinen eitergelben Audi stieg und Gummi gab, dass der Schnee stob.

Pötschke rief ihm zwei oder drei sorgfältig ausgewählte Beleidigungen nach und bekräftigte sie, indem er auf den Boden des Hofs spuckte, dessen Ausmaße in etwa dem Trainingsplatz des Kreisligisten SV Wacker Nürnberg entsprachen, wo einer von Pötschkes Kumpels jeden Samstag den rechten Innenverteidiger gab. Nach einer angemessenen Zeit der inneren Sammlung schlenderte Pötschke zum Glascontainer und kehrte ein paar Scherben zusammen, zog anschließend eine Weihnachtslichterkette aus dem Grünabfall und suchte sich dann, als kleinen Ausgleich für sein übertarifliches Engagement, im Depot für funktionsfähige Elektrogeräte einen DVD-Player, eine original Siebziger-Jahre-Farbblubberblasen-Lampe und eine kleine Espressomaschine aus, die zusammen bequem in seinen Rucksack passten. Alles für einen guten Zweck, dachte er zufrieden, und musste dabei wieder an Blondie denken, die zwar mit Pilar Lopez nicht mithalten konnte, aber in ihrer rosig ferkelhaften Art doch einen ganz netten Happen abgab und immerhin fleißig und erwerbstätig war und das windige Zigarettenbürschlein vermutlich nur an ihrer Seite duldete, weil es einen Passat und einen Anhänger besaß. Wollen doch mal sehen, dachte Pötschke, was der Opa alles in seiner Rumpelkammer gehabt hat, vielleicht ergibt sich ja ein Grund, bei nächster Gelegenheit mit Blondie noch einmal über ihr Mülltrennungsverhalten ins Gespräch zu kommen? Das könnte doch der Beginn einer wunderbaren Freundschaft sein ...

Er kletterte umstandslos in den vollen Sperrmüllcontainer und zerrte einen der Plastiksäcke unter dem Vitrinenschränkchen hervor. Er hielt sich nicht damit auf, die Bändel auseinanderzufriemeln, sondern griff beherzt zu und riss den Sack auf – Hemden, Krawatten, gestreifte Pyjamas, familienzeltgroße Unterhosen. Pötschke schüttelte tadelnd den Kopf: Das war ganz klar ein Fall für den Altkleidercontainer und nicht für die Müllverbrennung. Zwischen den muffigen Klamotten ertastete er etwas Festes, Schweres, Klumpiges ... »Was haben wir denn da«, sagte er und zog das Ding heraus, nur um es sofort wieder fallen zu lassen und sich auf die Küchenkorpusse zu übergeben. Er hatte natürlich auf irgendeine Art von Sondermüll spekuliert, allerdings nicht auf einen großen, leichenblassen Fuß an einem rötlich behaarten Unterschenkel, der in blutig ausgefranste Wundränder auslief, aus denen zwei abgesägte Knochen ragten. Pötschke brauchte eine geraume Weile, um sich zu beruhigen. Im nächsten Sack fand er einen mit Altersflecken übersäten Unterarm, im dritten einen Kopf, der ihn über schwere Tränensäcke hinweg aus blutunter-

laufenen Augen anstarrte. Opas Haupthaar war kaum der
Rede wert, dafür trug er einen langen, karottenroten Voll-
bart. Die anderen Säcke ließ Pötschke zu. Er konnte sich
denken, was darin war.

***

»Was zur Hölle wollen Sie von mir?«
»Schön, dass du dich an mich erinnerst«, grinste Pötschke.
Blondie warf ihre Mähne zurück und schoss einen Flam-
menwerfer von Blick ab, wagte es aber nicht, ihm die Tür
vor der Nase zuzuschlagen. Es war leicht gewesen, sie zu
finden – über das Kennzeichen hatte er das Bürschlein in
Eckental ausfindig gemacht und angemerkt, dass es wegen
der nicht auseinandergeschraubten Küchenkorpusse eine
Strafe zu begleichen gäbe; wohin er denn die Rechnung
schicken solle? Fünfzehn Sekunden später hatte er Blondies
Adresse gehabt.
»Du kannst dir ja denken, warum ich hier bin«, sagte
Pötschke. »Deine Plastiksäcke sind mir gleich komisch vorgekommen ...«
Blondie wurde blass.
»Du könntest mich reinbitten und mir einen Kaffee und
ein Stück Apfelkuchen anbieten«, fand Pötschke. »Dann
können wir es uns ein bisschen gemütlich machen und uns
ganz in Ruhe über das weitere Vorgehen unterhalten.«
»Sie werden keinen Fuß in meine Wohnung setzen«, behauptete Blondie, leistete aber keinen nennenswerten Wi-
derstand, als er sie ein bisschen zur Seite schob und genau
das tat. »Nett hast du's hier«, sagte er anerkennend, »sauber, aufgeräumt – ich wette, du taust regelmäßig deinen

Kühlschrank ab, was? Das sieht man einem Haushalt halt gleich an, wenn sich eine Frau ein bisschen kümmert.«

»Was. Wollen. Sie?«, knirschte Blondie durch zusammengebissene Zähne.

»*Drei* Zimmer?«, fragte Pötschke zurück. »Mannomann, ziemlich viel Platz für eine alleinstehende Lady, würde ich sagen. Spülmaschine, Waschmaschine, Fernseher, Ledersofa, alles da, und sogar noch ein Balkon – Respekt! Am Ende bist du vollzeiterwerbstätig? Was verdienst du denn so im Monat?«

Blondie verschränkte die Arme vor dem üppigen Dekolleté und schwieg aggressiv.

»Na gut«, sagte Pötschke achselzuckend, setzte sich auf das Sofa und legte die Füße auf den Couchtisch. »Wenn du keinen Wert auf Smalltalk legst, können wir auch gleich über Barbarossa sprechen. Hast du ihn eigenhändig zerlegt, oder hat dir dein Passat-Freund dabei geholfen?«

Blondie ging zu einem Sideboard, holte eine Schachtel Kippen aus der obersten Schublade und zündete sich eine an. Inhalierte tief, blies den Rauch aus. Fuchtelte mit der Hand in der Luft herum. Suchte nach Worten. »Hören Sie«, sagte sie beschwörend, als sie welche gefunden hatte, »es ist nicht das, wonach es aussieht.«

»Ach was«, sagte Pötschke. »Du meinst, es sieht zwar aus wie eine zersägte Leiche, fühlt sich an wie eine zersägte Leiche und riecht wie eine zersägte Leiche, aber in Wirklichkeit ist es – was?«

»Ich will damit sagen: Ich habe ihn nicht umgebracht«, fauchte Blondie. »Es war ein Unfall!«

»Ja dann!«, feixte Pötschke. »Dann ist ja alles gut! Wie darf ich mir das vorstellen? Er ist dir nachts betrunken vors Auto gelaufen, du hattest keinen Bock auf die Formalitäten?«

»Warum sind Sie hier?«, wollte Blondie wieder wissen. »Warum haben Sie nicht die Polizei gerufen?«

Pötschke zuckte die Achseln.

Blondie drückte ihre Kippe aus und kaute auf der Nagelhaut ihres rechten Daumens herum. »Opas Ersparnisse sind mit Nutten und Schnaps draufgegangen«, sagte sie, »aber er kriegt jeden Monat zweitausend Euro Rente. Ich hab ihn ein Jahr lang gepflegt, ein Scheißjob, wirklich, und niemals ein *Danke*, und dann ist er in der Badewanne ausgerutscht und war tot.«

»Andere Leute rufen den Leichenbestatter an, wenn so was passiert«, gab Pötschke zu bedenken. »Ich schätze, nur eine verschwindend geringe Minderheit schleppt den toten Opa in den Keller, wirft die Kettensäge an und gibt die Einzelteile dann zum thermischen Recycling.«

»Ich brauche das Geld«, fuhr Blondie genervt auf. »Seine Rente! Zu erben gibt es ja nichts – wegen der Nutten und dem Schnaps.«

»Ach?« Pötschke war menschlich ein bisschen enttäuscht. »Also hast du mich angelogen? Du bist gar nicht erwerbstätig?«

»Was zur Hölle wollen Sie von mir?«, fragte Blondie schon wieder und griff nach der nächsten Kippe.

»Nun, zunächst mal solltest du das Gequalme drangeben«, erklärte Pötschke. »Ich bin überzeugter Nichtraucher, und gequalmt wird hier in Zukunft nur noch, wenn ich einen Skatabend veranstalte und Freunde einlade. Du wirst sie mögen, schätze ich – Gerd ist ein wirklich witziger Typ, und mit Pepe kannst du um die Wette paffen, bis der Arzt kommt. Ich bestehe allerdings darauf, dass du am nächsten Morgen den Müll runterbringst, bevor ich aufstehe.«

Blondie starrte ihn an wie ein Gespenst.

»Wir werden es nett haben«, versicherte Pötschke, zog seine Schuhe aus und lehnte sich zurück, »ich bin ein recht umgänglicher Typ. Du kochst uns abends etwas Schönes und lässt mir vorm Schlafengehen ein Schaumbad ein, und alles wird gut. So, und jetzt hätte ich gern einen Kaffee und ein Stück Apfelkuchen!«

***

»Ist Pötschke immer noch krank?«, fragte der Capo.

»Glaub schon, Herr Schmitt«, sagte Kessler. »Er ist jedenfalls nicht da.«

»Den schmeiß ich raus«, erklärte Schmitt, »und zwar hochkant! Der fehlt jetzt schon seit vier Tagen unentschuldigt, da ist es dann auch mal gut mit der Reintegration straffällig gewordener Mitbürger!«

Kessler nickte beiläufig. Der ewig mürrische Pötschke war ihm ziemlich egal, und Schmitts Gejammer interessierte ihn schon gar nicht. Er war einfach nur froh, endlich wieder eine Arbeit zu haben, auch wenn die Bezahlung eher mäßig war. Er war keiner, der gerne zu Hause herumsaß und Däumchen drehte, er brauchte eine Beschäftigung. »Kundschaft – Sie entschuldigen mich«, sagte er zu Schmitt, als ein VW Passat mit einem Obi-Anhänger auf den Hof fuhr.

»Ich würde gern ein paar Rollen Gelbe Säcke mitnehmen«, erklärte der junge Mann, der am Steuer gesessen hatte. Auf der Beifahrerseite stieg eine üppige Blondine aus und machte sich an dem Anhänger zu schaffen. Sie nestelte die Riemen auf, schlug die Plane zurück und zog sich ein Paar Handschuhe über die pink lackierten Fingernägel. In dem Anhänger lagen sechs große graue Plastiksäcke.

»Freilich«, sagte Kessler, »wie viele brauchen Sie denn? Zwei? Drei?«

»Äh – fünf?«, sagte der Bursche. Die Blondine lud sich einen der Plastiksäcke auf die Schultern und ging dabei ordentlich in die Knie.

»*Fünf?*«, fragte Kessler nach.

»Na ja«, sagte der junge Mann, »immer, wenn ich welche brauche, sind die aus. Drum dachte ich ...«

Kessler seufzte. »Na gut«, sagte er und deutete nach links. »Da drüben. Aber nur, solange der Vorrat reicht.«

»Ey, geil!«, frohlockte der Bursche.

Kessler ging zu der Blondine hinüber, die den Plastiksack die Treppe zum Sperrmüllcontainer hochhievte. »Entschuldigen Sie bitte«, sagte er. »Was ist denn in den Säcken?«

Sie hielt inne und starrte ihn einige Sekunden lang mit seltsam leerem Blick an. »Dies und das«, sagte sie dann gedehnt. »Haushaltsauflösung.«

Kessler nickte. »Na dann – darf ich Ihnen vielleicht beim Tragen helfen? Das ist doch viel zu schwer für eine junge Frau!«

Ihre Augenbrauen machten einen Satz nach oben. »Oh«, sagte sie, »ja, also – das wäre wirklich sehr freundlich, vielen Dank«, und fügte lächelnd hinzu: »Ich habe auch ein funktionstüchtiges Elektrogerät dabei – eine Kettensäge, nur zweimal benutzt. Ich schenke sie Ihnen, wenn Sie wollen.«

»Das ist nett«, sagte Kessler, »aber wir dürfen privat nichts annehmen – das kommt ja hier alles einem guten Zweck zugute.«

»Wie zum Beispiel dem thermischen Recycling«, strahlte die Blondine und kippte mit Kesslers Hilfe den Plastiksack in den Sperrmüllcontainer.

Killen McNeill
Der fünfte Wunsch

1. Dezember: Ein Wintertag wie früher in der Kindheit. Auf den Äckern, Hügeln und Wäldern glitzert und glänzt es wie im Märchen. Am Bahnhofsgebäude und auf den umliegenden Häusern ächzen die Dächer von der weißen Schneepracht; zu beiden Seiten der Strecke, die zum Wald hinausführt, liegt der Schnee hoch aufgetürmt. Jetzt in der Abenddämmerung schimmert heimelig das Licht aus den Fenstern der Hauptstraße; in manchen Zimmern sieht man die Kerzen am Adventskranz brennen. Die BR 216 schiebt sich gerade aus dem Bahnhof, vom goldenen Licht der Stadt ins Dunkelblaue des Umlands. Kurz vor der Stadt, auf der Straße neben dem Gleis, liegt im Graben das Postauto; daneben steht ein ADAC-Abschleppwagen mit ausgefahrenem Kran. Darauf bin ich stolz. Die teuersten Anlagen nützen nichts, wenn die Details nicht stimmen. Der Übergang vom goldenen Licht der Stadt ins dunkelbläuliche des Umlands ist besonders geglückt, finde ich. Oder soll ich doch auf LED umrüsten?

Das grelle Neonlicht an der Decke geht an, und Irmi kommt herein. »Paket für dich«, sagt sie, und stellt es mitten in meiner Modelleisenbahnanlage ab.

»Doch nicht auf den Rangierbahnhof«, sage ich. »Die BR 212 fährt gerade ein, siehst das nicht?« Manchmal denke ich, sie macht so was absichtlich. Ich hebe das Paket gerade noch rechtzeitig hoch und stelle es auf den Boden. Dabei fällt mir die Schrift auf dem braunen Packpapier auf. Das unnachahmlich krakelige NICHT VOR DEM 1. DEZEMBER AUFMACHEN!

Tante Marja. Tante Marja? Kann ja wohl nicht sein.

»Das kann ja wohl nicht sein«, sage ich.

»Tja«, sagt Irmi. »Und pünktlich zum 1. Dezember. Wie immer.«

»Das gibt's doch nicht«, wiederhole ich.

»Eigentlich nicht«, sagt Irmi und verlässt meinen Hobbyschuppen.

Ich halte die Modelleisenbahn an und umrunde das Paket misstrauisch. Ist das wirklich von dir, Tante Marja? Was das Nichtöffnen vor dem 1. Dezember betrifft, hast du mich auf jeden Fall gut erzogen. Nur einmal habe ich es gewagt, gleich beim ersten Mal, als du mir einen Adventskalender geschenkt hast. Du hast ihn mitgebracht bei deinem ersten Besuch bei uns im Westen aus Lauschwitz in der DDR, da war ich acht, also 1968. Wir haben damals nicht viel Geld gehabt, Geschenke waren selten, ich hab's nicht ausgehalten, wach war ich in meinem Bett gelegen. Kurz vor Mitternacht habe ich mich ins Wohnzimmer gestohlen, und genau als die Kirchenglocke Mitternacht schlug, habe ich den Kalender aufgemacht. Du hast ihn am Morgen in unserem Wohnzimmer geöffnet vorgefunden und so einen Terror veranstaltet, dass ich mir fast in die Hose gemacht und mich gefragt habe, ob mein Vater vor dem Arbeiter- und Bauernstaat geflüchtet ist oder vor dir.

Die Mittagsfrau würdest du auf mich hetzen, hast du damals gezischt, diese furchteinflößende Gestalt aus deiner sorbischen Sagenwelt, die einen um zwölf Uhr mittags heimsucht und die man dann bis ein Uhr nachmittags vollquatschen muss, und wenn einem die Sprache währenddessen versiegt, hackt sie einem den Kopf mit der Sichel ab. Auf dem Bild in dem Märchenbuch, das du mir gezeigt hast, sah sie aus wie du, mit der hageren Gestalt, den zerzausten

Haaren und dem stechenden Blick. Das mit dem Zuschwallen wäre für dich kein Problem gewesen, die du uns von Anfang bis Ende deiner Besuche vollgequasselt hast, aber sehr wohl für einen verstockten fränkischen Buben, wie ich es war. Was habe ich das Reden geübt in meinem Zimmer, bis meine Mutter gekommen ist und wissen wollte, mit wem ich mich unterhalte.

Wer nicht kam, war die Mittagsfrau.

»Du lebst noch«, hast du am Nachmittag lakonisch festgestellt. »Verstehe ich nicht. Es muss wohl fast Mitternacht gewesen sein, als du den Kalender aufgemacht hast.«

»Die Glocke war dabei, zwölfmal zu schlagen«, habe ich gesagt.

»Ja, dann hast du Glück gehabt. Wenn es bereits zwölf schlägt, ist es gerade so in Ordnung.«

Und jedes Jahr seit damals ist der Adventskalender pünktlich am 1. Dezember gekommen.

Serbske pókłady stand immer darauf, und 24 sorbische Frauen in bunter sorbischer Tracht schauten aus 24 Fenstern in einem Pappbauernhaus. Die sorbischen Naschereien, die sich hinter den Türen befanden, haben mich mit der Zeit wieder mit dir versöhnt und den Schrecken vergessen lassen. Die Sroki, die Teigvögel, mit Zuckerguss überzogen, die Schmätzl und Tschiepen aus Baiser, die Kremnester. Wie habe ich mich jedes Jahr darauf gefreut, als das Paket ankam! Und verstanden haben wir uns dann doch mit der Zeit. Du warst ja nie verheiratet, hast selbst keine Kinder gehabt, ich war wie ein eigener Sohn für dich, hast du immer gesagt. Ab deinem sechzigsten Geburtstag hast du meine Eltern jedes Jahr besucht, und als sie starben, hast du einfach stattdessen auf uns umgesattelt. Jahr für Jahr, mit einer beharrlichen Selbstverständlichkeit. Nach der Wende bist du dann immer am 1. Dezember zu Besuch gekommen und bis zum Dreikönig geblieben. Meine Irmi hast du mehr oder weniger in Kauf genommen, geduldet bis ignoriert.

Nur jetzt wundere ich mich. Schließlich bist du ja im letzten Sommer gestorben. Und was musste ich mir nicht alles einfallen lassen, um deinen letzten Wunsch zu erfüllen: Einen polnischen Bestattungsunternehmer hab ich beauftragt, bin dem Leichenwagen nach Zagan hinterhergefahren, hab dich dort einäschern lassen, bin mit der Urne zurück zur Neiße gefahren, hab die Urne zum Ufer getragen und deine Asche von der polnischen Seite aus über die Neiße verstreut. Dort, wo du als Kind geplanscht und gebadet hast. Na ja, ungefähr jedenfalls. Auf ein paar Kilometer flussauf oder flussab wird es wohl nicht ankommen. Windig war's und geregnet hat's, und als ich daheim die Haustür aufgeschlossen hab, hat mich die Irmi gefragt, was das für ein Dreck in meinem Gesicht ist, und ich musste die Reste von dir abwaschen.

Bei der Gelegenheit fällt mir die Urne wieder ein. Wo habe ich die bloß hin?

Alles tust du für mich, hast du immer gesagt, wenn ich dir diesen letzten Wunsch erfülle. Aber wieso kommt jetzt noch einmal ein Paket von dir? Na ja, irgendwie wirst du wohl vorgesorgt haben. Vielleicht bietet die Post inzwischen so einen Service an, Pakete zeitversetzt versenden, wie es bei E-Mails auch geht. Heute ist der 1. Dezember. Also mache ich das Ding auf.

Das gewohnte Bild: das bunte Häuschen, aber diesmal nur fünf Türen. 1. Dezember, 6. Dezember, 12. Dezember, 18. Dezember und 24. Dezember. Komisch. Ich klappe die erste Tür auf. Keine sorbischen Naschereien, nur ein gefaltetes Zettelchen. Ein Gutschein? Was soll das? Gutscheine sind was für Schlamper, hast du selbst gesagt, als ich dir zu deinem achtzigsten Geburtstag einen Gutschein für die *Csárdásfürstin* im Staatstheater Cottbus geschenkt habe. Für Schlamper, die zu faul sind, sich rechtzeitig um ein Geschenk zu kümmern.

Gutschein: Ausschlafen steht da. Hääh? Nach meinen ganzen Mühen mit dir? Na ja, du warst wohl schon etwas dement zum Schluss. Deine Handschrift ist es ja, die kenne ich, diese wackelige, zerzauste, wie deine Haare, wie eine Weide an der Neiße. Aber wann hast du das geschrieben?

2. Dezember, 1. Advent. Was, schon acht Uhr? So lange habe ich seit Jahren nicht mehr geschlafen. Ich drehe mich um und schlafe weiter. Als ich wieder aufwache, ist es acht Uhr dreißig. Wahnsinn. Irmi liegt neben mir und liest schon die *Bunte*. Sie hat ihre Tigerschlafbrille abgelegt. Ihr Mund bewegt sich, aber ich höre nichts. »Was?«, frage ich.

Sie deutet auf meine Ohren. Ach ja, die Ohrenstöpsel. Ich nehme sie heraus.

»Merkst du was?«, fragt Irmi.

»Was?«

»Was fehlt.«

»Was *fehlt*? *Was* fehlt?«

»Merkst es nicht? Die Stille?«

»Na ja, Sonntagmorgen halt.«

»Das ist dem Hahn sonst scheißegal, welcher Morgen es ist.«

Der Hahn, genau. Der blöde Hahn von meinem Nachbarn, vom Pigls Hans. Das ist es! Warum kräht er nicht? Er hat die ganze Nacht keinen Laut von sich gegeben, jetzt fällt es mir auf, darum habe ich so gut geschlafen. Sonst wartet er, bis ich um 5 Uhr pinkeln gehe, und dann legt er los, ich

schwöre es. Dann wartet er, bis ich fast wieder weggedäm-
mert bin, dann geht es wieder los. Seit drei Jahren. Selbst
die blöden Ohrenstöpsel nutzen da nichts.

Nach der Kirche spreche ich auf dem Heimweg mit dem
Pigls Hans. Sein blöder Hahn hat nicht gekräht, weil er weg
ist. Nicht auffindbar. Der Hans ist ganz zerknirscht, der
Hahn war, neben seinem geliebten Dorftheater, sein gan-
zer Stolz. Drei war er erst, also der Hahn; er hätte uns gut
noch fünf Jahre nerven können. Was habe ich ihm alles an
den Hals gewünscht! Wenn ich gewusst hätte, dass es nicht
auffliegt, hätte ich ihn längst mit dem Gewehr in einen Hau-
fen zerschossener Federn verwandelt. Danke, Tante Marja!
Auch wenn du es nicht gewesen sein kannst ... trotzdem.

Vor dem Mittagessen gehe ich walken. Hier draußen
zeigt sich, wie der Winter in Franken tatsächlich ist: nie-
selig, grün, zu warm. Kurz vor dem Steckholz finde ich im
linken Straßengraben den Hahn. In zwei Teilen. Körper und
Kopf und ein blutiger Streifen dazwischen. Also ist er nicht
nur mir auf den Senkel gegangen. Sauber durchgetrennt irgendwie. Nicht gerissen, wie es ein Fuchs gemacht hätte,
eher geschnitten. Eigentlich sieht er aus, als ob ihm jemand
den Kopf mit der Sichel abgetrennt hätte, wenn ich ehrlich
bin. Ich decke ihn mit Laub zu und laufe weiter.

6. Dezember: Beinahe hätte ich es vergessen. Also, die zweite Tür. Schon wieder ein Gutschein! *Gutschein: Hauptrolle bei den Brettlasbohrern.* Das ist die Theatergruppe im
Dorf. Was soll das? Jeder weiß, dass der Pigls Hans, das
fränkische Original, die Stimmungskanone, ja, so isser halt,
die Hauptrolle spielt, vertrottelte, doch listige Jäger, Opas,
Großbauern, Bürgermeister, Fürsten, die von irgendeinem
jungen Schnösel ausgeschmiert werden sollen und ihn doch

besiegen. Jedes Jahr, seit was weiß ich wie lange. Ein paarmal habe ich mitgespielt, als ... ja, der junge Schnösel, der immer überlistet wird, bis ich es satthatte, den Trottel zu geben. Seitdem schmolle ich in meinem Haus und höre mir das Gejohle und Gekreische aus dem Wirtshaussaal vier Wochenenden lang an.

Schon wieder höchst seltsam mit dem Gutschein aus dem Kalender.

Später wird es mir dann doch langsam mulmig. Die Hasselbachers Gerda hat gerade angerufen. Sie brauchen für die diesjährige Faschingsproduktion *Opas Eleven – Ausbruch aus dem Altenheim* kurzfristig einen Hauptdarsteller. »Was ist mit dem Hans?«, habe ich gefragt.

»Hastes noch net gehört? Der Pigls Hans ist erkrankt. Außer Gefecht. Wenigstens acht Wochen. Also genau in der Zeit, wo wir ihn bräuchten.«

»Und wieso ich?«

»Na ja, du kommst doch langsam in ein Alter, wo ... Verstehst scho.«

Ich habe mir das zwar immer gewünscht, aber so richtig gefällt es mir jetzt auch nicht.

12. Dezember: Jetzt bin ich wirklich gespannt. Bisher hat sie, also die Tante Marja, ein Riesenglück gehabt, wenn sie es überhaupt war. Alles, wofür sie mir einen Gutschein geschenkt hat, ist seltsamerweise eingetroffen. Was haben wir jetzt? *Gutschein: Nie mehr Holz machen.* Ach, das wäre echt was. Ich liebe die Wärme, die von unserem Kachelofen kommt, aber ich hasse den Preis, den ich dafür zahlen muss: Das ganze Getue im Wald; das Fällen, das Spalten, das Sägen, das Holen, die Nässe und die Kälte im Winter, die stechenden Viecher im Sommer, die Sträucher, die einem ins

Gesicht schlagen, die verborgenen Löcher im moosigen Boden: alles. Immer, wenn ich im Wald bin, denke ich, ach, wie schön wäre es daheim, im Hobbyschuppen mit der Modelleisenbahn. Nicht wie der Pigls Hans, der liebt das Ganze. Wenn der nicht wenigstens dreimal die Woche im Wald ist, wird er schwermütig. Der hat so viel Holz gemacht, das kann er in seinem Leben gar nicht mehr verschüren, der hat ein riesiges überdachtes Holzlager im Garten zwischen unseren Häusern, er hat sogar zweimal angebaut, bestes Holz, Fichte, Eiche, Buche, alles sorgfältigst gestapelt, trocken, auf 30 cm geschnitten, und bei ihm wachsen die Feuerholzbestände Jahr für Jahr, statt dass sie abnehmen, weil er immer mehr holt, als er braucht. Fehlt nur noch, dass das Holz von selber in den Ofen springt.

Es klopft an der Schuppentür. Der Pigls Hans steht da, das Gesicht total entstellt, man traut sich kaum hinzuschauen. Eitrige Pickel, feuerrote Wangen, die Augenbrauen so angeschwollen, dass sie über den Augen hängen, der Mund verzogen und halboffen wie nach einem Schlaganfall, eine Mischung aus Quasimodo, dem Elefantenmenschen und einem Prügelopfer. Ignorieren ist keine glaubwürdige Option.

Also: »Mensch, Hans, wie schaust denn du aus?«

»Blöde Sache, Nachbar«, sagt er. »Holzstauballergie, sagt der Doktor. Genau deswegen wollt ich dich um einen Gefallen bitten.« Er zeigt auf die Kolonnen von gestapeltem Holz hinter sich.

Der Gefallen, den ich ihm tun soll, ist, logisch, sein ganzes Holz zu übernehmen. Kostenlos. Er dürfe in seinem Leben nie mehr irgendwas mit gesägtem Holz zu tun haben. Tränen hat er dabei in den Augen. Nur kann man die kaum sehen, weil seine Augenbrauen so weit herunterhängen.

»Warum verkaufst du es nicht?«, frage ich ihn.

Da würde der Staub hochgewirbelt werden beim Verladen, das hielte er nicht aus. Nur ich käme infrage, ich solle einfach immer von hinten die Scheite wegnehmen, die ich zum Verschüren brauche.

Das kann doch fast kein Zufall mehr sein! Und jedes Mal, wenn ich einen Vorteil habe, hat der Pigls Hans das Nachsehen.

18. Dezember: *Gutschein: Neues Haus.* Wieder den Nagel auf den Kopf getroffen! Das sind alles irgendwie Dinge, die ich mir tatsächlich schon lange gewünscht habe, wenn auch nur heimlich. Unser Haus steht zwar im Dorf, ist aber kein schönes, altes Fachwerkhaus, sondern eine hässliche, mit Eternitplatten verkleidete Scheußlichkeit aus den Fünfzigerjahren, ganz billig gebaut, feucht, nicht richtig gedämmt, ohne Keller, eine ewige, zuverlässig sprudelnde Quelle von Streit und Vorwürfen zwischen Irmi und mir. Ich soll das Ding natürlich auf Vordermann bringen. Nur, wo anfangen? Neue, doppeltverglaste Fenster? Die halten die dünnen Wände nicht aus. Ein neues Dach? Ebenso. Es ist einfach nichts von Wert in der Hütte. Das Gescheiteste wäre, das Ungetüm abzureißen und neu zu bauen. Da hast du dir was vorgenommen, Tante Marja! Es wird wieder spannend.

Uuups, die Feuerwehrsirene. Da muss ich schnell los, ich bin ja der Maschinist. Irmi kommt mir auf dem Weg vom Gartenschuppen zum Haus entgegen. Sie trägt Fotoalben und vergilbte Ordner unterm Arm; in dem einen müssten meine Liebesbriefe an sie aus meiner Zeit beim Bund sein. Der Brand ist in unserem Haus ausgebrochen, sagt sie, es war unser Mittagessen, die übrigen Krautwickel von gestern, Irmi hat den Topf auf dem Herd stehen lassen, wollte inzwischen nur kurz Holz holen von Pigls Lager und hat sich vom Pigls Hans unterwegs in ein Gespräch verwickeln lassen. »Weil du immer nur im Schuppen bei deiner Eisenbahn bist und nie etwas im Haushalt machst«, schiebt sie hinterher, als wir um das Haus herum nach vorne zur Straße laufen.

Das Feuerwehrhaus ist hundert Meter weg; auf dem Weg dahin keimt eine klitzekleine Idee in mir auf, und bis ich dort bin, hat sie sich zu einem riesigen, verästelten Gedankenbaum ausgewachsen.

Kann ich es so einrichten, dass das Haus abbrennt oder vom Löschwasser so zerstört wird, dass es ein Totalschaden ist?

Feuerversichert ist es.

Der Schuppen mit meiner Eisenbahnanlage steht ganz weit hinten im Garten, sie dürfte also nicht in Mitleidenschaft gezogen werden.

Und die Irmi ist auch in Sicherheit.

Beim Anziehen des Löschanzugs kann ich nicht herumtrödeln, das fiele ja auf. Also reingeschlüpft und losgefahren, tatütata. Einen Unfall bauen unterwegs? Bis die nächste Feuerwehr aus Kalchengreuth da ist, dauert es ganz schön lange, das könnte reichen. Aber kein anderes Fahrzeug kommt mir entgegen, ich kann nicht einfach das Steuer herumreißen und irgendwo drauffahren. Schon sind wir da. Fürs Erste habe ich nichts zu tun, ich warte, bis der Unterflurhydrant mit einem B-Schlauch angezapft ist, Scheiße, der Wassertrupp ist extra schnell, weil es mein Haus ist. »Lasst euch Zeit, Jungs!«, kann ich schlecht sagen. Dann rennen sie herüber, ich kann auch nicht langsam tun, wenn sie zuschauen, also das Sammelstück angeschlossen, wieder einen B-Schlauch angeschlossen, ich kupple den Schlauch vom Verteiler an die Pumpe, der Angriffstrupp hat seinen C-Schlauch schon festgemacht und steht mit dem Strahlrohr vor meinem brennenden Haus. »Wasser, Marsch!«, ruft der Kommandant, der Pigls Hans, oder eher »Wassamass!« wegen seiner geschwollenen Lippen. Ich öffne den Hahn, und die Schläuche schwellen an. Auf dem ersten Schlauch kann man 1968 FFW KIRCHENGREUTH lesen.

Vorne bekämpft der Angriffstrupp unter der Leitung vom Pigls Hans den Brand. Inzwischen ist auch der Schlauchtrupp beim Löschen. Ich bin alleine am Motor.

Die Aufschrift *1968* vibriert und pulsiert durch den Wasserdruck wie ein pochendes Herz. Als wollte sie mir etwas sagen. 1968. Das ist ganz schön lange her. Darum muss ich immer schauen, dass der Druck 8 Bar nicht übersteigt. Sonst platzt noch der alte Schlauch, wird der Pigls Hans nicht müde zu betonen.

Genau. Ich drehe den rechten Gashebel auf. 15 Bar. Schwups, das war's. Ein Ruf wie Donnerhall vom Pigls Hans. »WASSER STOPP! SCHLAUCH AUSWECHSELN!«

Das müsste reichen.

Dann ruft der Hans noch mal: »UM GOTTES WILLEN, BEEILT EUCH! DAS FEUER GREIFT ÜBER!«

So ist es dann auch. Totalschaden bei unserem Haus, beim Haus vom Pigls Hans leider auch.

Und er ist nicht feuerversichert.

23. Dezember: Wir wohnen vorübergehend im Dorfgasthaus, Zimmer mit Vollpension, alles bestens, endlich mal eine Versicherung, die sich lohnt. Hans lebt jetzt, mangels Alternativen, im Altenheim, am 1. Feiertag wollen wir ihn besuchen.

Eine halbe Stunde vor Mitternacht liege ich im Bett und grübele. Nur noch ein Zettelchen steckt im Adventskalender, morgen werde ich es herausholen. Was da wohl draufsteht? In den letzten Tagen hat mich ein merkwürdiges Gefühl ergriffen. Déjà-vu heißt es wohl. All diese Dinge, die passiert sind, die habe ich mir tatsächlich gewünscht. Und mir ist es auch so, als ob ich sie aufgeschrieben hätte. Nur wann und wo?

»Hör auf, dich so herumzuwälzen und schlaf endlich«, sagt Irmi.

»Ich kann nicht.«

»Warum nicht?«

»Wegen dem blöden Adventskalender.«

»Das war doch alles nur Zufall.«

»Und wenn nicht?«

»Dann kannst du auch nichts dafür.«

»Vielleicht doch. Vielleicht habe ich mir alles genau so gewünscht. Mir ist so, als ob ich das alles irgendwo aufgeschrieben hätte.«

»Ah.«

»Was heißt *ah*?«

»Du hast ja auch deine Wünsche aufgeschrieben.«

»Echt? Wann?«

»Silvester, letztes Jahr.«

»Als Tante Marja da war?«

»Ganz genau.«

»Und wo?«

»Auf einem Zettel natürlich. Sie hat doch so ein blödes Spiel mit uns gemacht, bei dem wir aufschreiben sollten, was wir uns für 2018 wünschen. Dann lag der Zettel ewig herum, du räumst ja nichts auf, irgendwann habe ich ihn in deinem Hobbyraum in so ein komisches Gefäß reingetan.

»Eine Urne?«

»Könnte sein, keine Ahnung. Auf jeden Fall im Regal.«

Ich mache das Licht an und drehe mich zu ihr. »Warum sagst du mir das jetzt erst?«

»Woher soll ich wissen, dass du dir diese ganzen Dinge tatsächlich gewünscht hast?«

»Und warum weiß ich das nicht mehr?«

»Weil du mit deiner Tante die Likörflasche geleert hast, die sie mitgebracht hat.«

»Ach ja. Jetzt erinnere ich mich. Plauener Spitze.«

»Ganz genau. Und danach den Rotkäppchen Sekt.«

»O Gott. Was ist mit deinen Wünschen? Sind die auch wahr geworden?«

»Ich habe keine aufgeschrieben. So einen Schmarrn mache ich nicht mit.«

»Was könnte ich bloß als letzten Wunsch aufgeschrieben haben?«

Irmi schaut mir direkt in die Augen. »Das will ich gar nicht wissen«, sagt sie.

»Ich habe mir bestimmt keine neue Frau gewünscht.«

Sie schaut mich immer noch prüfend an. »Glaub ich dir sogar«, sagt sie nach einer Weile.

»Siehste.«

»Du bist viel zu bequem. Aber eine neue Eisenbahn vielleicht.«

»Niemals.« Das Letzte, was ein Modelleisenbahnbesitzer will, nicht mal nach einer Flasche Plauener Spitze und einem Rotkäppchen Sekt, ist eine fertige Eisenbahnanlage. Was soll man dann noch machen? Den ganzen Tag nur zuschauen?

Aber was dann? Was wünsche ich mir denn noch?

O Gott. »Ich muss in den Schuppen.«

»Doch nicht jetzt.«

»Jetzt sofort! Es könnte gerade noch klappen.«

Ich muss es herausfinden und, wenn nötig, abwenden. Nachdem die Kirchturmuhr angefangen hat, zwölfmal zu schlagen, und bevor sie wieder aufhört, in dieser Zeit muss ich es schaffen.

Ich werfe einen Bademantel über, ziehe Schlappen an und mache mich auf den Weg.

Im Hobbyraum habe ich die genaue Uhrzeit. Meine Bahnhofsuhr ist, ebenso wie alle echten Bahnhofsuhren, mit der Atomuhr in Braunschweig synchronisiert. 5 vor 12 zeigt sie an. Also schnell. Dahinten im Regal steht die Urne, sicher noch mit ein paar Ascheresten von Tante Marja drin.

Bam – bam – bam - bam. Oh nein, die Kirchturmuhr läutet schon zur vollen Stunde. Die geht vor, aber was hilft mir das? Tante Marja horcht sicher mehr darauf als auf so eine Atomuhr.

Bam. Urne herunterholen.

Bam. Urne aufmachen.

Bam. Zettel herausholen.

Bam. Zettel lesen.

Bam. Die ersten vier Wünsche habe ich tatsächlich so hingeschrieben. Durchgestrichen sind sie aber mit krakeligen Linien, die an Tante Marjas Schrift erinnern. Nicht darüber nachdenken.

Bam. Der fünfte Wunsch. Um Gottes willen. Alles, bloß das nicht. Der Zettel fällt mir aus der zittrigen Hand.

Bam. Ich muss hier irgendwo einen Radiergummi und einen Bleistift haben.

Bam. Genau, der Radiergummi zum Putzen der Gleise und der Bleistift zum Schmieren der Weichen.

Bam. Da sind sie.

Bam. Zettel aufheben. Die Zeit reicht nur für einen Buchstaben.

Bam. Erledigt. Zettel in die Urne, Urne zu, Urne ins Regal.

Bam. Und frohe Weihnachten, Tante Marja.

24. Dezember: Es klopft an der Tür. Der Postbote. Ich weiß, was er bringt. Eine Weihnachtskarte von der Stadtbücherei in Bernbach. Richtig vermutet. Und darauf steht, jawohl, Volltreffer: *Lebenslängliche Mitgliedschaft.* »Was hast du dir da denn gewünscht?«, fragt die Irmi.

»Ist doch klar«, sage ich. »*Das ewige Lesen* natürlich.«

Sigrun Arenz

Lichterketten

Es war nicht dasselbe, an Weihnachten nach Hause zu kommen. War es schon immer so gewesen? Diese unterschwellige Spannung? Wie das Summen der kleinen Lämpchen am Weihnachtsbaum, das die anderen nicht zu hören schienen, das aber immer da war und das man nicht mehr ausblenden konnte, wenn man es einmal wahrgenommen hatte.

Im Wohnzimmer hängen zwei bunte, in krakeligen Linien gemalte Kinderbilder, eins von mir, eins von meiner Schwester Lena. Ich war mit drei Jahren definitiv kein kleiner Picasso, aber dass mein Bild einen Christbaum darstellen soll, weiß ich, weil Mama ihn »Leons Weihnachtsbaum« nennt, und jedes Jahr beharrt sie darauf, dass keine echte Tanne in diesem Zimmer jemals an meine gemalte herankam. Das stimmt auch, denn kein Weihnachtsbaum, den mein Vater in den letzten zwanzig Jahren aufgestellt hat, hatte gelbe Nadeln und die Form der Fürther Pyramide.

Das Zimmer erscheint mir kleiner als sonst; das kann eigentlich nicht sein, schließlich ist es höchstens acht Wochen her, seit ich das letzte Mal hier war. Vielleicht ist es der Baum, der dieses Jahr ziemlich ausladend ist und viel Platz wegnimmt. Aber irgendwie kommt es mir vor, als wäre es enger geworden im Haus.

Lena ist noch nicht da; sie kommt morgen, und hoffentlich schafft sie es rechtzeitig, sagt Mama, wegen dem Essen, und hoffentlich ist das Wetter nicht zu schlecht, und wenn sie nun im Stau steht und die ganze Planung durcheinanderbringt, und eigentlich ist ihr das alles zu stressig, aber das sagt sie nicht, das denkt sie nur, und sie schämt sich dafür; und plötzlich fällt mir auf, dass meine Mutter auch kleiner wirkt – nicht älter, sie ist schließlich erst sechsundvierzig –, aber kleiner, genau wie das Wohnzimmer mit dem zu großen Weihnachtsbaum.

Der Christbaum auf dem Nürnberger Hauptmarkt ist riesig, ein Gigant aus Tannennadeln und Licht; er überragt die rot-weiß gestreiften Dächer der Buden, die Kerzen spiegeln sich in den Fensterscheiben der Häuser um den Platz. Es riecht nach Glühwein und Menschen und Bratwurst. Von irgendwoher ertönen Weihnachtslieder. »Tu deinen Geldbeutel woandershin«, mahnt meine Mutter. Sie hat Angst vor Taschendieben. Aber wo soll ein Mann sein Portemonnaie tragen, wenn nicht in der Hosentasche? Bislang ist es mir noch nie geklaut worden. Überhaupt scheint es mir ein bisschen verrückt, sich über Taschendiebe Gedanken zu machen anstatt über die Terrorgefahr in so einer Menschenmenge. Wir schieben uns Schritt um Schritt weiter, und das kommt mir plötzlich noch viel verrückter vor. Es bräuchte schließlich bloß einen einzigen Irren mit einer Waffe ... »Friede auf Erden« klingt auf einmal nicht mehr nach einer Phrase, die an Weihnachten Konjunktur hat, sondern nach einer verdammt großartigen Vision – und weiter entfernt als je zuvor.

Mein Vater ist direkt nach der Arbeit ins Auto gestiegen, und jetzt ist er schlecht gelaunt und regt sich über alles auf: den Typen, der ihm gerade von hinten auf die Ferse getreten ist, die Preise für den Glühwein, die auch nicht höher sind als sonst, die kriminellen Banden, die auf dem Weihnachtsmarkt ihr Unwesen treiben, und die Polizisten, deren sichtbare Präsenz ihn nervt. Ich erinnere ihn an die

Taschendiebe und an die Terrorwarnungen und an kleine Kinder, die im Gedränge ihre Eltern verlieren und von der Polizei gerettet werden. Das hat nur zur Folge, dass er mir bei einem Glühwein erklärt, wie die Merkel an allem schuld ist, weil unter der Million Flüchtlinge, die sie ins Land gelassen hat, zehntausend gewaltbereite Islamisten sind. Eine tickende Zeitbombe, meint er. Mama sagt nichts, sondern bringt die Glühweinbecher zurück. Einen Moment lang sieht sie aus, als wolle sie sich auflösen in der dunkelblauen Winterluft über den Buden.

Lena sitzt im Dunkeln auf der Türschwelle, als wir zurückkommen. Sie hat ihren Schlüssel nicht. Und sie ist nicht alleine. »Das ist Said«, stellt sie den jungen Mann vor. »Ich habe ihn eingeladen.« Weiter sagt sie nichts. Mama versucht zu lächeln, aber es gelingt ihr nicht so richtig. Denkt sie über das Weihnachtsessen nach, und ob es für eine Person mehr reichen wird? War sie früher auch so? Oder sind es ganz andere Gedanken, die ihr durch den Kopf gehen? Mein Vater runzelt nur die Stirn und drängt zur Tür hinein, ohne ein Wort zu sagen. Lena, Said und ich bleiben ein paar Minuten im Dunkeln auf der Schwelle stehen. »Ich kann doch in deinem Zimmer schlafen, oder?«, will Lena wissen, und das sagt mir genug. Ein Gästezimmer haben wir nicht; sie will, dass Said in ihrem Zimmer schläft, aber ohne sie. Der junge Mann lächelt mir zu, ein bisschen unsicher, ein bisschen freundlich, vielleicht auch ein bisschen enttäuscht; sein dunkles Gesicht ist nicht so einfach zu lesen.

Ich höre das Summen in der Luft um uns, das klingt wie das Brummen der kleinen Lämpchen am Weihnachtsbaum, ein Geräusch, das man nicht mehr ausblenden kann, wenn man es einmal wahrgenommen hat.

Ich verpacke oben in meinem Zimmer Geschenke – eine DVD mit der siebenundzwanzigsten Staffel so einer Mädchenserie für Lena, ein Parfum für Mama, für meinen Vater ein Sachbuch von der SPIEGEL-Bestsellerliste. Zum Glück habe ich noch die Flasche mit dem guten Whisky mitgenommen. Ich habe sie selbst zum Geburtstag bekommen, von meiner Mitbewohnerin, die in Schottland war, aber eigentlich mache ich mir nicht viel daraus. Vielleicht verpacke ich sie und schenke sie Said. Scheint mir irgendwie nicht richtig, kein Geschenk für ihn zu haben. Andererseits – vielleicht ist er böse, wenn man ihm Alkohol schenkt. Mist, daran hatte ich nicht gedacht: Die dürfen doch keinen trinken. Oder darf man das auch nicht denken, weil er vielleicht gar kein Muslim ist oder weil er sich nicht an die Regeln hält; ist das auch rassistisch, wenn ich einfach annehme, dass Said keinen Alkohol trinkt? Über so was habe ich mir früher nie Gedanken gemacht, und einen Moment lang wünsche ich mir, die Welt wäre immer noch so einfach wie in meiner Kindheit.

Meine Zimmertür ist halb offen, und plötzlich höre ich die Stimmen von unten an der Treppe. Ich kann nicht verstehen, was Mama sagt; sie spricht leise. Leiser als sonst? Leiser als früher? Ich weiß es nicht. Aber mein Vater ist nicht zu überhören: »Darum geht es doch gar nicht! Natürlich kann sie jemanden einladen, aber ...« Eine gemurmelte Antwort unterbricht ihn, dann platzt er wieder heraus: »Du bist so naiv! Warte mal, bis sie so einen ausländischen Typen heiratet und dann für den Rest ihres Lebens verschleiert herumlaufen muss! Frauen haben bei denen nichts zu sagen, das steckt in denen drin, die können überhaupt nicht anders! Dafür haben wir unsere Tochter ja wohl nicht aufgezogen!«

Wieder eine Antwort, die ich nicht verstehen kann, und obwohl ich sie nicht sehe da unten am Treppenabsatz, weiß ich plötzlich, wie Mama jetzt aussieht: wie gestern Abend am Glühweinstand – als ob sie sich auflösen wollte in Luft, zu einem feinen, kaum hörbaren Summen werden. Wo ist Lena?, frage ich mich. Kann sie es denn nicht hören? Ich lasse die Whiskyflasche stehen, unverpackt, gehe aus dem Zimmer; vielleicht werde ich Mama anbieten, ihr in der Küche zu helfen, überlege ich, und dann schalten wir das Radio ein, um das Geräusch zu übertönen, das feine Summen, das nicht mehr aufhört. Am oberen Treppenabsatz drehe ich mich unvermittelt um. Auf der Türschwelle zu Lenas Zimmer steht Said, an den Türrahmen gelehnt, die Hände in den Hosentaschen. Seine dunklen Augen geben nichts preis von dem, was er denkt.

Am Nachmittag steigt mein Vater ins Auto, um noch mehr Lametta zu kaufen, oder Bier, damit er die Feiertage aushält, oder vielleicht hat er noch kein Geschenk für Mama. Lena, Said und ich helfen Mama beim Baumschmücken und in der Küche, aus der es ganz wundervoll riecht, nach Weihnachtsgans und Gebäck und Erinnerungen. Meine Schwester dreht das Radio auf, und zu *Last Christmas* fängt sie an, im Zimmer herumzutanzen. Mama schüttelt den Kopf – sie kann das Lied nicht leiden –, aber sie lächelt dabei. Said kommt mit mehligen Händen aus der Küche; er trägt eine geblümte Schürze und riecht nach Zimt. Lena lacht ihn aus und zückt ihr Handy, um ein Bild zu machen, erst von ihm, dann von sich selbst, von Mama und mir, von dem Baum, von der Innenseite ihrer Nase, aber das ist wahrscheinlich ein Versehen, und wir fangen an zu lachen. Einen Moment lang ist das Wohnzimmer wieder so groß, wie es früher war.

Beim Abendessen höre ich es wieder, das Summen, das zuvor von der Musik und unserem Gelächter übertönt war. Aber das wundert mich nicht, denn die Unterhaltung verhakt sich ständig, bleibt in Sackgassen stecken, wechselt ungeschickt die Richtung und säuft immer wieder ab wie der Motor unseres Autos, als Lena damals den Führerschein gemacht hatte und die Sache mit dem Kuppeln noch nicht so richtig hinbekam.

Wir reden über mein Studium. Ich bin ziemlich gut auf meinem Gebiet, nicht brillant, das passt nicht zu mir, aber gut. Es ist eine aussichtsreiche Sache, das ist Mama wichtig, auch wenn sie sagt, es kommt ihr nur darauf an, dass ich das tue, was mir Spaß macht. Ich glaube ihr das nicht so ganz. Sicherheit, ja, das ist es, was sie für mich wirklich will. Aber es gibt keine Jobsicherheit, nicht »mit den ganzen Ausländern, die uns die Jobs wegnehmen.« Ich denke mir: Muss das jetzt sein? An Weihnachten? Mit Said an unserem Tisch, dessen Augen nichts preisgeben von dem, was er denkt? Ich weiß nicht, was ich sagen soll, ob ich was sagen soll, aber Lena, die mit so etwas keine Probleme hat, holt tief Luft, als wollte sie sich größer machen, sieht unseren Vater an und öffnet ärgerlich den Mund. Mama wechselt das Thema, ehe sie etwas sagen kann. Lenas WG und ihre Mitbewohner und ihr Studium sind überhaupt keine sichere Sache, aber so was hat sie noch nie gekümmert, sie will Spaß haben und was bewirken in der Welt; Berlin ist voller politischer und gesellschaftlicher Diskussionen, und sie hat die Nase voll von dieser Enge hier, aber das sagt sie nicht, weil Weihnachten ist und sie trotz allem keinen Streit vom Zaun brechen will. Nur nützt das nichts, weil politische Diskussionen in Berlin immer von diesen ganzen Gutmenschen beherrscht werden, diesem linken Gesiff, sagt mein Vater, der keine Lust mehr hat auf die Welt, die von ihm verlangt, dass er sich auf sie einstellt, die nicht mehr so einfach ist wie früher. Das sagt er so auch nicht, nur die Sache mit den Gutmenschen, und dass die Presse nur das berichtet, was denen in den Kram passt, und was eigentlich so schlimm sein soll daran, wenn man seine Familie und seine Traditionen schützen will. »Mag jemand noch von der Gans?«, fragt Mama, und dann erkundigt sie sich bei Said, ob es in seiner Familie ein traditionelles Weihnachtsessen gibt, ehe ihr einfällt, dass das wahrscheinlich eine dumme Frage ist, und sie wird rot und gibt auf, und statt ihrer Stimme höre ich nur das Summen der Lichterketten – oder was ist es für ein Geräusch, das über unserem Schweigen liegt?

Said bedankt sich höflich bei ihr für das Essen und hilft beim Tischabräumen, Lena entzündet die Kerzen am Christbaum und stellt einen Wassereimer in Reichweite auf, denn sie hat Papas Lektion verinnerlicht: keine echten Kerzen ohne Vorsichtsmaßnahmen, man kann sich nicht vorstellen, wie schnell so ein Baum wie eine Fackel brennt, wenn man nicht aufpasst. Ich habe meine Zweifel daran, ob ein einzelner Wassereimer uns retten könnte, aber der Anblick beruhigt mich trotzdem, schon aus Gewohnheit.

Es gibt Geschenke. Ich habe umdisponiert, mein Vater kriegt den Whisky, das Buch gebe ich Said, Bücher sind unverfänglich, zumindest die von der SPIEGEL-Bestsellerliste. Lena kreischt auf, als sie die DVD sieht. Die neueste Staffel gibt es noch nicht auf Netflix. Mama tut so, als ob sie sich über das Parfum freut. Vielleicht stimmt es ja sogar. Von unserem Vater bekommt sie ein Buch. Ich glaube, es ist auch von der SPIEGEL-Bestsellerliste; kein Sachbuch. Mama liest den Klappentext und lächelt so flüchtig wie Rauch und sagt danke und legt es zur Seite, um unsere süßen Teller zu verteilen und Kaffee auszuschenken. Das Wohnzimmer ist wieder klein geworden, aber trotzdem, seltsamerweise, scheint sie weit entfernt von uns zu sein, und ich muss meine Augen anstrengen, um sie überhaupt zu sehen. Said hat keine Leckereien aus seiner Heimat mitgebracht oder exotische Stoffe oder eine Prachtausgabe des Koran, sondern Pralinen für Mama und eine Flasche guten Wein für Papa – wenigstens kann er sich jetzt gründlich betrinken, wenn ihm danach ist, denke ich mir mit einer seltsamen Mischung aus Schadenfreude und fast so etwas wie Mitleid, aber warum, das könnte ich nicht sagen. Anders als Mama ist unser Vater nicht kleiner geworden, im Gegenteil, er füllt den Raum mit seiner Gegenwart, mit seinem Reden und mit seinem Schweigen. »Guter deutscher Wein«, sagt er anerkennend zu Said. »Sie trinken bestimmt keinen Alkohol, das hat Ihr Prophet ja verboten, oder?«, fragt er dann, und es klingt gleichzeitig jovial und herablassend. Saids Antwort, obwohl sie mich auch interessiert hätte, kann ich nicht hören, weil das Summen in meinen Ohren so übermächtig ist.

Lena und ich sagen nicht viel, als wir nach der Bescherung in meinem Zimmer stehen. Dabei hätte ich eine Menge Fragen: wie sie dazu gekommen ist, Said mitzubringen, und was für eine Geschichte er hat, und warum unser Vater so redet, wie er redet, ob er das alles schon immer gedacht hat oder ob es neu ist, und was Mama denkt, und ob sie, Lena, ihn auch hören kann, den feinen, elektrischen Ton, der von keinem Gerät ausgeht. Ob sie auch das Gefühl hat, dass es im Haus enger geworden ist. Aber ich weiß nicht, wie ich anfangen soll. Ich erinnere sie daran, dass wir in zehn Minuten aufbrechen müssen, wenn wir rechtzeitig in die Kirche wollen.

»Sag mal, haben die Eltern Besuch gehabt?«, will Lena auf einmal wissen.

Ich schüttle den Kopf. »Ich glaube nicht. Warum?«

»Nur weil jemand in diesem Zimmer geschlafen hat«, erwidert sie. Jetzt fällt es mir auch auf: ein Glas auf dem Nachttisch, ein Paar Hausschuhe, die nicht von mir sind, ein zusätzliches Kopfkissen, das ich nie benutzt habe. Komisch, dass Mama nichts von einem Besucher erwähnt hat, denke ich mir, aber letztlich ist es nicht sehr wichtig. Warum sie so weit weg wirkt, das wüsste ich viel lieber, aber darauf gibt mein Zimmer keine Antwort.

»Kann ich auch mit?«, fragt Said atemlos, als mein Vater das Auto schon rückwärts aus der Einfahrt auf die Straße setzt. Sein Atem steht als Wolke vor ihm in der Nachtluft, weiß im Licht der Straßenlaterne. »In die Kirche?«, fragt Lena, und er nickt. Die Haustür hat er hinter sich zugezogen, durch das Wohnzimmerfenster scheinen die Lämpchen einer Lichterkette, und im ersten Stock ist noch ein Licht an; ansonsten ist das Haus dunkel, als ob es schon schliefe. Mein Vater hält an, winkt ihm einzusteigen, und Said setzt sich auf die Rückbank neben mich. Lena hat den Beifahrersitz für sich beansprucht, wie immer. »Hinten wird mir schlecht«, sagt sie, aber das glaube ich ihr schon seit ein paar Jahren nicht mehr. Auf dem Weg zur Kirche schweigt Said und starrt durch die Fensterscheibe nach draußen in die Nacht. Ich frage mich, was ihn dazu bewogen hat, mit uns zu kommen. Vielleicht wollte er einfach nicht alleine sein, denke ich. Nicht, wenn alle anderen zusammen feiern, selbst wenn es Weihnachten ist und ein fremdes Fest. Vielleicht hat er es auch nur unpassend gefunden, mit Mama alleine im Haus zurückzubleiben. Die ist nämlich nicht mitgekommen, sie ist müde, hat sie gesagt, während sie die Kerzen ausgeblasen hat, und der dünne Rauchfaden, der über dem Docht aufgestiegen ist und sich dann in der Luft aufgelöst hat, hätte ihre Stimme sein können oder vielleicht sie selbst, ihr wahres Ich. Warum unser Vater mitgekommen ist, weiß ich nicht so genau. Die Kirche, so entnehme ich seinen Worten, gehört auch zum Establishment, zu den Gutmenschen, die keine Ahnung von der Welt haben und mit ihren weltfremden Ideen die Sicherheit in unserem Land aufs Spiel setzen. Das Kirchenasyl macht ihn wütend, weil es bedeutet, dass Ausländer der verdienten Abschiebung entgehen. Said neben mir ist versteinert, starrt aus dem Fenster, aber zum Glück sorgt ein unbedachter Fußgänger für Ablenkung. Jetzt geht es um die Rücksichtslosigkeit von Leuten, die nicht gucken können, wenn sie über die Straße gehen, und im Zweifelsfall ist immer der Autofahrer schuld, egal, wie idiotisch der Fußgänger sich verhalten hat. Aber das ist eigentlich auch kein Wunder, denn Autofahrer werden in diesem Land immer mehr kriminalisiert, weil die Grünen und ihre Handlanger in den Medien den öffentlichen Diskurs bestimmen. Einen Moment lang wünsche ich mir, Papa wäre auch zu Hause geblieben. Es ist so ermüdend geworden, ihm zuzuhören. Ich muss nur Lenas Schultern von hinten sehen, so still, so steif, um zu wissen, dass sie sich weit weg wünscht. Vielleicht ist Mama deshalb nicht mitgekommen. Ich kann es ihr nicht verdenken. Trotzdem gibt es mir einen Stich, als wir am Ende des Gottesdienstes im Stehen »Stille Nacht« singen, Alte, Junge, Gläubige und Ungläubige, sogar Said, der eine wunderschöne Baritonstimme hat, und Mama ist nicht dabei.

Die Dunkelheit, die Stille, das Außergewöhnliche der Nacht, wenn man nach der Bescherung aus dem Haus geht, wenn man nach der Kirche wieder ins Kalte tritt, der Himmel, der mit angehaltenem Atem auf etwas zu warten scheint, etwas, das die stille Leere füllt – ich verstehe nicht viel vom Weihnachtsglauben, aber das ist für mich immer etwas Besonderes gewesen. Als ob das Ganze doch irgendetwas bedeutet, irgendwie. Alles ist in diesen paar Minuten auf dem Kirchplatz nach dem Gottesdienst seltsam weich, seltsam milde: Die Luft ist kühl und klar, aber freundlich, die anderen Menschen sind müde und satt vom üppigen Essen und vielleicht auch von der Musik und den Worten, die Glocken machen einen fröhlichen Lärm. Said ist immer noch still, doch er lächelt, als er meinen Blick bemerkt. »Ich hole das Auto«, sagt mein Vater, den Schlüssel schon in der Hand; selbst aus seiner Stimme ist etwas verschwunden, als seien um ihn her doch nicht nur feindliche Mächte, als könne es doch so etwas wie eine Freundschaft mit der Welt geben. Lena summt eines der Lieder aus dem Gottesdienst vor sich hin; normalerweise mag ich es nicht, wenn sie das tut, schon weil sie keine Melodie halten kann, aber ihr tonloses Summen wird ein Teil der Stille und der Geräusche um uns her, ein Teil dessen, was den leeren Raum unter dem Himmel füllt. Keine himmlischen Chöre, das nicht, aber vielleicht, nur vielleicht, das Versprechen einer anderen Welt.

Das ist der Moment, in dem mein Vater zusammenbricht, einfach einknickt, ohne Vorwarnung, und auf den Knien landet. Es irritiert mich im ersten Augenblick nur, ich denke – und später schäme ich mich dafür: Was macht er denn jetzt?, als wäre es Absicht oder zumindest Gedankenlosigkeit von ihm gewesen. Dann höre ich das Geräusch, ein schreckliches, pfeifendes, mühsames Atmen, ein Keuchen, und dann fällt er um, liegt gekrümmt auf dem kalten Boden vor dem Kirchplatz, und Menschen schreien und rufen durcheinander, und alles löst sich auf in Chaos, Bewegung und Lärm.

Es ist kein Herzinfarkt. Ich weiß das, sobald ich den Blick sehe, den der Notarzt uns zuwirft, nur einen Moment lang, verwirrt, voller Zweifel und vielleicht so etwas wie Mitleid. Nicht, dass er etwas sagt. »Wir müssen abwarten«, erklärt er nur, während die Sanitäter mit der Bahre hantieren. Lena will im Rettungswagen mitfahren, aber das geht nicht, sie soll das Auto nehmen. »Sollen wir alle fahren?«, frage ich, doch Lena schüttelt ratlos den Kopf, und zuletzt beschließen wir, erst mal nach Hause zu fahren, weil wir nicht wissen, was wir tun sollen. Said will nicht mit, »ich gehe fort«, sagt er, »ich kann nicht bleiben«, und er klingt verloren und verängstigt, aber auch so, als ob er uns nicht länger ertragen könnte, keinen Augenblick länger. Wir packen ihn trotzdem ins Auto, fahren zurück durch die Nacht, die fremd und feindselig wirkt, bis zu unserem Haus. Said ist der Erste über der Türschwelle, rennt fast hinein, um seine Sachen zusammenzupacken und wegzugehen, auch wenn er nicht weiß, wohin. Lena und ich bleiben vor der Haustür kurz stehen, sehen uns an. Dann der Anruf. Wir sollen zum Krankenhaus kommen, sofort, so schnell wie möglich. Und dass die Polizei dort ist und mit uns sprechen will. Said, der mit seinem gepackten Rucksack die Treppe herunterläuft, wird blass, als er das hört, aber er nickt knapp, sagt nichts. Lena setzt sich auf den Fahrersitz, dreht den Schlüssel im Zündschloss, wartet, bis wir beide auch im Auto sind. In der Sekunde, ehe Said einsteigt, sehe ich, wie er draußen etwas fallen lässt, das er in der Hand gehalten hat, und ich will noch einmal aussteigen, um es aufzuheben, aber Lena fährt bereits los, und ich muss die Tür neben mir zuschlagen, ehe sie zu schnell wird.

»Es tut mir sehr leid«, sagt der Arzt. Er sagt noch mehr, aber das höre ich nicht mehr wirklich, denn was gibt es sonst noch zu sagen? Nur das eine, dass es kein Herzinfarkt war, sondern eine Vergiftung, und wie es uns geht, ob einer von uns Symptome hat, Übelkeit oder Herzrasen oder Schwindel. Was wir gegessen und getrunken haben an diesem Abend. Ob jemand etwas Außergewöhnliches bemerkt hat. Ich denke an den Whisky, an den Wein, guten deutschen Wein, denke an Said, der mit mehlbestäubten Händen aus der Küche kommt, denke an Lena, wie sie im Wohnzimmer tanzt, an Mama, die fern und klein aussieht, wie durch ein umgedrehtes Fernrohr betrachtet.

Das ist der Moment, in dem uns beiden gleichzeitig einfällt, dass wir Mama vergessen haben, dass sie nicht weiß, was passiert ist, und wir beide haben ein schreckliches Bild, gleichzeitig, das weiß ich einfach, dasselbe schreckliche Bild: dass Mama alleine im Bett liegt, im Elternschlafzimmer, und sich krümmt und die gleichen furchtbaren Geräusche von sich gibt wie Papa vorhin. Jetzt ist mir auch schlecht, aber ich weiß, dass das nichts mit dem Weihnachtsessen zu tun hat, sondern nur mit der Angst.

Der Arzt beruhigt uns und verspricht, sofort jemanden zum Haus zu schicken. »Bleiben Sie hier«, rät er uns, »damit wir sichergehen können, dass es Ihnen weiterhin gut geht.« Aber etwas an seiner Stimme macht deutlich, dass er nicht erwartet, dass wir auch Symptome zeigen, dass er nicht glaubt, dass es eine Lebensmittelvergiftung war, jedenfalls keine zufällige. Was er uns nicht sagt, ist, dass er einen Polizisten mitschickt zu unserem Haus, aber wir bekommen es trotzdem mit, Lena und ich.

Und Said sitzt wortlos auf einem Plastikstuhl uns gegenüber, umklammert die Riemen seines Rucksacks, und sein Gesicht gibt nichts preis von dem, was er denkt. Nur dass es noch immer bleich ist, dunkel, aber bleich, ich wusste nicht, dass das möglich ist, aber es gibt so vieles, das ich nicht gewusst habe vor diesem Weihnachtsfest. In meinen Ohren ist ein Summen, ein unablässiger Ton, den man nicht mehr aufhören kann zu hören, wenn man ihn einmal wahrgenommen hat.

Es ist tiefste Nacht, die dunkelste Stunde vielleicht, ganz sicher die kälteste, als ein Mann den Raum betritt, in dem wir sitzen, und ich könnte nicht mehr sagen, ob es ein Arzt war oder ein Polizist oder jemand ganz anderes, habe es mir einfach nicht gemerkt. Er kommt, um uns mitzuteilen, dass Mama nicht im Haus war. Dass sie nicht wissen, wo sie ist. Ob sie zu uns etwas gesagt hat? Ob sie vielleicht zu irgendwelchen Freunden gegangen sein könnte? Ja, das wäre möglich, sage ich, und Lena nickt, natürlich, das könnte sein, und nein, sie hat ihr Handy nicht immer an, das ist ganz normal, nein, gesagt hat sie nichts zu uns, aber vielleicht hat jemand sie angerufen, und sie ist spontan noch zu Freunden oder Nachbarn. Was ich denke, ist, dass ich jetzt weiß, wer in meinem Zimmer geschlafen hat. Ich verstehe nur nicht, warum sie so getan haben, als ob nichts wäre, warum Papa sein Nachtzeug wieder ins Elternschlafzimmer gebracht hat, warum sie uns etwas vorgespielt haben. Was ich noch denke, versuche ich vor mir selbst geheim zu halten, und weil es so einfacher ist, beginne ich zu reden.

Am nächsten Tag ist Said fort, er wollte nicht mit uns zurückkommen, aber wir wissen natürlich, wo er ist, oder vielmehr die Polizei weiß es. Sie haben uns eingeschärft, dass niemand von uns die Stadt verlässt, bevor sie uns die Erlaubnis geben. Sie waren schnell; schon bevor wir am Vormittag ins Haus zurückkehren, sind sie dort gewesen. Im Haus, aber nicht im Vorgarten. Während Lena hineingeht, suche ich den Boden ab nach dem, was Said gestern hat fallen lassen. Es dauert eine Weile, zuerst finde ich nichts, dann aber entdecke ich etwas Weißes, das halb unter einem Busch verborgen ist. Es ist ein zusammengefalteter Zettel. Ich weiß, noch ehe ich ihn auffalte, dass es die Handschrift meiner Mutter ist. Ich weiß auch, was draufsteht, nicht im Wortlaut, aber ich weiß es. Trotzdem falte ich ihn auf. Sie hat es sehr kurz gemacht. »Es tut mir leid«, steht darauf, mehr nicht. Keine Erklärungen, kein Geständnis, nicht einmal eine Unterschrift, aber ich verstehe jetzt, warum Said ihn weggeworfen hat. Ich vernichte ihn nicht, natürlich nicht, es wäre falsch, so etwas zu tun, aber ich denke mir dennoch, an irgendeinem so tiefen Ort, dass meine Gedanken ihn kaum erreichen können, ich denke mir, es ist besser, wenn niemand diesen Zettel liest. Unter den Büschen, halb von Erde bedeckt, wird er mit der Zeit verschwinden, die Worte werden verblassen und unleserlich werden, ehe das Stück Papier sich langsam zersetzt. Und dann frage ich mich – nicht, wo sie jetzt wohl ist und wann sie sie finden werden, denn finden werden sie sie irgendwann, das erscheint mir sicher, nein, ich frage mich, warum sie nicht einfach nur gegangen ist. So schlimm kann es doch nicht gewesen sein zwischen ihnen, dass sie sich fürchtete, ihn zu verlassen. Oder dass sie ihn bestrafen musste, dass es nicht ausreichte, frei zu sein, wenn er auch frei war? Dann sehe ich ihre Gestalt vor meinem inneren Auge, als ob sie sich auflösen wollte in die blaue Winterluft. Und ich frage mich, ob sie Angst hatte vor dem Verschwinden, davor, dass nichts übrig bleiben würde von ihr, selbst wenn sie fortging, solange er zurückblieb.

»Leon?«, ruft meine Schwester mich ins Haus; sie will nicht alleine sein. »Hörst du das auch?«, fragt sie, als wir im Wohnzimmer mit dem zu großen Christbaum sitzen, »ich habe so ein Summen im Kopf, ich dachte, es kommt von den Lichterketten, aber die sind gar nicht an.«

»Ignoriere es einfach«, rate ich ihr. Wir werden sowieso nicht mehr lange hier sein, denke ich. Wir werden nicht zurückkommen. Das Haus ist endgültig zu klein geworden.

Theobald O. J. Fuchs

Eine indische Weihnachtsbekanntschaft

Man sagt ja: Kein Kampf wird so grausam geführt wie der zwischen zwei annähernd gleich starken Gegnern. Ich finde, das stimmt. Es entspricht jedenfalls meiner Erfahrung. Und ich denke daran während jedes der endlosen Verhöre, die ich bisher über mich ergehen lassen musste. Sie können mich nicht niederringen, aber ich kann mich ihnen auch nicht entwinden, und so werden wir wohl noch bis in alle Ewigkeit kämpfen, der Ermittlungsrichter und ich. Um die Wahrheit.

Patrick schätze ich jedoch so ein, dass er ihnen bei einer Befragung haushoch überlegen wäre. An ihm würden sie sich die Zähne ausbeißen, sage ich, er würde den Kampf gewinnen. Ich habe also allen Grund zu der Befürchtung, dass ich es am Ende sein werde, der auf dem Schlachtfeld zurückbleibt.

Es hat hier in der U-Haft in der Mannertstraße nur ein Fenster, viel zu schmal und viel zu hoch über dem Boden, als dass es angenehm wäre, hinauszusehen. Die Wände des Gefängnisses, in dem ich festgehalten werde, weil man mir Anstiftung zum Mord vorwirft – weil man behauptet, ich hätte Patrick dafür bezahlt, Carolas Liebhaber zu beseitigen! –, die Wände hier sind zudem so dick, dass ich durchs Fenster nur ein schiefwinkliges Stück vom eisengrauen Himmel sehen kann. Und den winzigen Zipfel eines Baumwipfels, auf dem manchmal eine Krähe sitzt und sich der Kälte wegen aufplustert, als wäre sie zutiefst empört über die frostigen Temperaturen, die man nur zu dem einen Zweck angeschafft hätte, sie zu quälen.

Ich bin mir nicht sicher, ob draußen noch Schnee liegt, aber ich vermeine es zu spüren. Diesmal hatten wir endlich einmal wieder weiße Weihnachten. Etwas spät, erst Mitte Dezember, aber dann umso ergiebiger, hatte es zu schneien begonnen, und irgendwie scheinen das die Menschen geahnt zu haben. So wie man ja sagt, dass auch Mäuse und Eichhörnchen wittern, wie hart und wie lang ein bevorstehender Winter werden wird, und dementsprechend größere Vorräte anlegen. Bei uns im Autohaus standen die Leute schon Ende Oktober Schlange, um sich die Winterreifen aufziehen zu lassen, und mein Werkstattleiter hatte mich darum gebeten, noch zwei oder drei Hilfskräfte einzustellen, damit er alle Aufträge annehmen konnte. Es wird das sein, was man Schicksal nennt: Da auch ich nicht auf der Stelle Hilfskräfte aus dem Ärmel schütteln konnte, packte ich selbst mit an, es wurde außergewöhnlich spät, bis wir endlich alle Aufträge erledigt hatten, und nachdem ich wie immer in meiner Funktion als Geschäftsführer den Laden als Letzter verlassen hatte, lief mir auf dem Nachhauseweg Patrick über den Weg.

Nicht direkt über den Weg, da muss ich mich korrigieren. Ich war noch auf ein Bier in die Kneipe am Eck eingekehrt, ich war traurig gewesen, weil auf mich nur ein leeres Haus wartete, das viel zu groß für mich alleine war. Aber Carola ... wie oft habe ich sie schon verflucht, bloß – es half ja alles nichts. Sie weigerte sich, bei mir zu übernachten. Von wohnen brauchte ich gar nicht erst zu reden, sie versteifte sich darauf, keine Nähe ertragen zu können, absolut ihren Freiraum zu brauchen, in einer Beziehung buchstäblich ersticken zu müssen und so weiter und so fort. Jedes Gespräch mit ihr endete damit, dass ich mich abgelehnt und herabgesetzt fühlte. Unsere Beziehung bestand für mich aus nichts anderem als einer unausgesetzt wiederholten Demütigung.

Wenn ich es mir genau überlege, war letzten Endes sie schuld daran, dass ich im vergangenen November an einem scheinbar bedeutungslosen Abend einsam am Tresen saß, das zweite Pils noch unangetastet vor mir, als plötzlich eine schwere, raue Hand auf meine Schulter klopfte. Nicht unangenehm jedoch, sondern voller zärtlicher Kraft, und als ich mich umdrehte, brauchte ich bestimmt eine ganze Minute, bis es bei mir klingelte. Ein rundes Gesicht, das beinahe wie bei einer Zeichentrickfigur von einem breiten Grinsen in zwei Hälften geteilt wurde. Rötliche Locken, wasserblaue Augen, zwei oder drei mit Stolz getragene Zahnlücken. Vor mir stand Patrick, dem ich nicht ganz ein Jahr zuvor in Indien begegnet war, am Strand von Mamallapuram. Dass in diesem Augenblick, wie ein teuflischer Mechanismus, die Kette miteinander gekoppelter Ereignisse ausgelöst wurde, an deren Ende unter einem Weihnachtsbaum ein Mensch brutal geschächtet wurde, hatte keiner der Beteiligten auch nur in den schlimmsten Albträumen vorhergesehen.

Meine Anwältin besuchte mich am 2. Januar zum ersten Mal in der Zelle. Ein »schönes neues Jahr« wünschte sie mir und gestand noch im selben Atemzug, ein freundliches Lächeln auf den Lippen, dass es schlecht stünde um meinen Fall, »sehr schlecht«, wie sie hinzufügte, »da Sie von Ihrer Lebensabschnittsgefährtin der Polizei gegenüber in durchaus ungünstiger Weise geschildert worden sind«. Das klang nicht gut, aber wenigstens wusste ich nun Bescheid. Vorher, in den Tagen, die man ja die »Zeit zwischen den Jahren« nennt, war so gut wie nichts vorwärts gegangen, alle lagen noch im Fresskoma, waren verreist oder einfach außer Dienst.

Zwei Nächte zuvor war in meinen vergitterten Ausschnitt des Himmels das Silvesterfeuerwerk eingedrungen, das sie über der Innenstadt abfeuerten, und ich stellte mir darunter die Burg vor, Sankt Sebald und die Frauenkirche, den Hauptmarkt und die ganze Altstadt. Das zweite Silvester in Folge ist es schon, dachte ich, dass ich nicht in der Nürnberger Innenstadt feiere mit meinen alten Freunden von früher, aus der Zeit, ehe ich Carola begegnet bin.

Den vorherigen Jahreswechsel hatte ich freilich nicht im Gefängnis verbracht, sondern viel eher – wenn man so sagen kann – im Gegenteil. In Indien war ich gewesen, und als ich am Heiligdreikönigstag das Flugzeug nach Nürnberg nahm, hatte sich ein Teil meiner Seele überhaupt nicht mehr von Tamil Nadu verabschieden wollen. Schnee hatte es dort unten keinen gehabt, aber bei vierzig Grad im Schatten auf einer Terrasse sitzend, die ganz rustikal aus blau bemalten Baumstämmen zusammengeschustert war, raschelnde Palmblätter über mir, zwischen denen weißgoldene Sonnenstrahlen hindurchblitzten, ein eiskaltes Glas Wodka on the rocks in den Händen und den Blick hinaus auf die unendliche Bläue eines tropischen Ozeans gerichtet ... da hatte ich den Schnee nicht wirklich vermisst, auch nicht die Eisblumen am Fenster, die Glühweinbuden und den Lichterschmuck vom Christkindlesmarkt. Nur der Gedanke an meinen Sohn, dem ich nicht einmal das Schlittenfahren beibringen durfte, stach ohne Unterlass wie glühende Nadeln in mein Herz. Mein Sohn – das Kind unserer ebenso hitzigen wie seltsamen Liebe. Einer Liebe, die meinerseits nicht nachgelassen hatte, jedoch von Carolas ständigen Anstrengungen, Distanz zwischen uns zu bringen, bitter geworden war wie Mozzarella, der auch noch, nachdem er ungenießbar geworden ist, appetitlich weiß leuchtet wie die Unschuld selbst.

Vor etwas mehr als einem Jahr, Anfang Dezember, hatte unsere Beziehung ihren Tiefpunkt erreicht. Und ehrlich gesagt: Sie war da seitdem auch nicht mehr herausgekommen. Ich weiß gar nicht mehr, wie viele Wochen ich mit Carola wegen des Weihnachtsfests gestritten habe. Am Telefon, per E-Mail, im Flur, am Gartenzaun. Wann immer wir uns begegneten. Dabei bestand ich ja gar nicht darauf, dass man drei volle Tage aufeinanderhockte, dass man vom Kirchgang am Heiligen Abend bis zum Abend des zweiten Feiertages jede Minute zusammen verbrachte – ich wollte nicht mehr und nicht weniger als eine Bescherung mit dem Buben. Der war damals schon zwei Jahre alt, und so dysfunktional seine Familie nun einmal war, so mühelos hätte man ihm eine klassische Bescherung unter dem Baum bereiten können. Ein kleines für mich, ein größeres für seine Mama und drei riesige Pakete für ihn – alles in bunt glitzerndes Papier eingewickelt. Leuchtende Kinderaugen, aufgeregtes In-die-Hände-Klatschen, die Ermahnung der Mutter, sich zu bedanken, die Umarmung mit dem Vater, »Aber du musst dich doch nicht bedanken! Gefällt es dir auch, dein Geschenk?«, ein Lächeln von Carola – ein kurzer Augenblick des Glücks, ein gemeinsames Gefühl der unbedingten Zuneigung, der Klebstoff, mit dem man Menschen zu einer Familie fügt.

Leider entwickelte sich die Realität ins krasse Gegenteil. Je mehr ich Carola drängte, desto hartnäckiger wich sie aus. Je mehr ich von meinen Wunschvorstellungen offenbarte, desto heftiger lehnte sie jegliche Trautsamkeit ab, desto mehr zog sie sich – dem Anschein nach – auf ihren Standpunkt zurück, demzufolge sie unter keinen Umständen ein klischeehaftes Familienfest ertrage, dass zu viel Nähe mit anderen Menschen sie krank mache und dass sie auf gar keinen Fall eine Rolle bei den überholten Kitschfantasien spielen werde, die mich offensichtlich beherrschten. Sie fände meine Ideen »eigentlich nur zum Kotzen«, und meinen Einspruch, dass es nicht nur um sie gehe, sondern vielleicht auch um unseren gemeinsamen Sohn, schmetterte sie ab, indem sie Pest, Typhus und Cholera zu ihren Zeugen machte, dass sie alles tun wolle, um derart idiotische und sinnentleerte Rituale wie Weihnachten von ihrem Kind fernzuhalten.

Ich war verzweifelt und hatte mich so sehr an den unzähligen Varianten von Carolas Begründung, ihre hypersensible Seele könne keine Nähe ertragen, festgebissen, dass ich die logischste aller Ursachen für ihre permanente Abwehr nicht erkannte: Sie hatte seit geraumer Zeit einen Liebhaber.

Als ich das dann durch Zufall (eine Kundin, die pausenlos den Klatsch im Viertel wiederkäute, während einer unserer Mechaniker an ihrem Auto hantierte) erfahren hatte, kaufte ich mir noch am selben Tag das Ticket nach Chennai, das früher Madras geheißen hatte. In der uneingestandenen Hoffnung, mittels solch eines für meine Verhältnisse spektakulären Schritts hinaus aus den geregelten Bahnen meines bisherigen Lebens den ganzen Schlamassel vergessen zu können. Aber natürlich half es nicht im Geringsten, es wurde nur noch schlimmer. Der stumme Dialog, den ich mit Carola führte – mit einer Carola, die natürlich so nur in meiner Vorstellung existierte, die sich von der echten Carola wahrscheinlich gleichermaßen unterschied wie die Vorweihnachtszeit in Südindien von der in Mittelfranken –, begann, als ich früh die Augen aufschlug, und endete erst, wenn ich endlich unter dem Moskitonetz in meiner Hütte einschlief, betäubt von billigem Rum aus dem staatlichen

Liquor Store vorne an der Hauptstraße. Bis ich am ersten Weihnachtsfeiertag morgens um sechs zum Strand spazierte, der menschenleer war. Hier griff dann das Verhängnis ein.

Wie lange mir die drei Hunde schon gefolgt waren, weiß ich nicht. Jedenfalls erschrak ich mich gehörig, als ich sie plötzlich drei Schritte hinter mir bemerkte. Zwar wichen sie etwas zurück, als ich mich umdrehte, aber sie gingen quasi nur auf sicheren Abstand, solange sie mich noch nicht gut einschätzen konnten. Es hat sich ja schon seit Langem herumgesprochen, dass Indien ein Problem mit streunenden Hunden hat, weshalb jedem Reisenden aus dem Westen eindringlich geraten wird, sich gegen Tollwut impfen zu lassen, an der auf dem Subkontinent immer noch jedes Jahr zigtausend Menschen sterben.

Ich probierte es mit einem Trick, den mir der Guard am Hostel nahegelegt hatte: Ich bückte mich, als höbe ich einen Stein auf, so wie es die indischen Kinder taten, die allerdings im Gegensatz zu mir durchaus in der Lage waren, selbst auf zwanzig Schritt Entfernung die Schnauze eines Streuners zu treffen.

Die Hunde durchschauten mich sofort, meine Ähnlichkeit mit einem indischen Jungen ging eben gegen null. Ich stellte keine ernst zu nehmende Gefahr für sie da. Da begann mein Herz schneller zu schlagen, und ich sah mich hektisch um. Nach Norden endlose Kilometer völlig verlassener Sandstrand. Oberhalb im Landesinneren lief die Küstenstraße parallel zum Ufer, doch die war zum Meer hin mit einer niedrigen weißen Mauer gesäumt, an sich kein Hindernis, aber aufgrund eines undurchdringlichen Verhaus aus endemischen Ranken mit messerscharfen Dornen, rostigen Metalltrümmern und unzähligen zerschlagenen

Flaschen keine Option. Panik erwachte in meinem leeren Magen und kroch hoch in meine Brust, schlang ihre stählernen Taue um meine Kehle. Dann endlich entdeckte ich weit vorne in südlicher Richtung eine Gruppe Menschen, die wie kleine schwarze Punkte dicht beieinanderstanden. Ich setzte mich dorthin in Bewegung, mit schnellen Schritten, aber nicht übertrieben schnell, um meine Angst vor den Hunden zu verbergen, für die diese Tiere bekanntlich einen Riecher besitzen. Als ich näher kam, ließ in gleichem Maße meine Anspannung nach, wie mein Interesse von den Männern eingenommen wurde, die aufgeregt durcheinanderschrien und wild gestikulierten. Dabei deuteten sie beharrlich hinaus aufs Meer. Das Herz klopfte mir immer noch bis zum Hals, und ich nahm den charakteristischen Geruch wahr, der die Einheimischen umgab und sich mit dem salzigen Hauch des Meeres mischte. Der typische indische Dunst, der mir schon am Flughafen wie ein nasses Handtuch ins Gesicht geschlagen war: Curry, Schweiß, Knoblauch, schwarzer Tee. Ich atmete tief durch und war fest entschlossen, mich zu entspannen, egal, was es war, das diese Leute in solche Aufregung versetzte. Als ich ihn dann erspähte, den weißen Arm, der aus dem Wasser ragte und mit letzter Kraft um Hilfe winkte, war es, als hätte ein guter Stern für das viele Adrenalin in meinen Adern gesorgt, denn ich brauchte keine Sekunde Bedenkzeit, ehe ich mir das Hemd vom Körper riss, die weite Leinenhose fallen ließ und mich in den Ozean warf.

Und so hatte ich Patrick kennengelernt. Im Indischen Ozean, vielleicht zweihundert Meter vom Ufer entfernt, fast genau vor einem Jahr am ersten Weihnachtsfeiertag bei knapp 40° Celsius im Schatten. Er wohnte in Kalchreuth und war mit demselben Flugzeug wie ich gekommen, wir waren auf die große Distanz betrachtet also weit mehr als Landsleute. Wir waren so etwas wie Nachbarn.

Der Umstand, dass er den Anderen exakt am Heiligen Abend meuchelte, hätte an sich schon ausgereicht, um Aufmerksamkeit zu erregen. Aber dass Patrick ihm mit dem Messer die Kehle aufschlitzte, sodass die Küche und das Wohnzimmer, wo schon die Kerzen am Christbaum brannten, förmlich im Blut schwammen – spätestens das hatte die Boulevardpresse der ganzen Republik in quasi wütenden Jubel ausbrechen lassen. Wobei den Nürnbergern bei dieser Gelegenheit wieder einmal schmerzlich bewusst wurde, dass sie ihre *Abendzeitung* schmählich vernachlässigt und in der Folge haben eingehen lassen. Da wäre dieser Tage die Kuh geflogen, meine ich, da hätten sich die Schlagzeilen wechselseitig in einen ekstatischen Wahnsinn getrieben: »Bestialischer Mord unter fränkischem Weihnachtsbaum« – »Erlenstegen: Eiskalter Killer verstümmelt sein Opfer«, solcherart schreit es auch so schon seit Tagen von der Titelseite der Zeitung mit den vier großen Buchstaben.

Ich habe nicht die geringste Ahnung, was Patricks emotionale Beteiligung an der Sache angeht. Ich hingegen ... noch habe ich es keinem Menschen gegenüber eingestanden, aber der Tod des Anderen, vor allem die grausamen Umstände, bereiten mir immer noch unvorstellbare Glücksgefühle, jedes Mal, wenn ich daran denke.

Das ist auch ein Punkt, der den Ermittlungsrichter sehr beschäftigt – was Patrick wirklich antrieb. Denn zu der Hypothese, dass ich ihn bezahlt hätte, dass ich ganz klassisch einen Mord in Auftrag gegeben hätte, passt eines überhaupt nicht: Es ist keinerlei Geld geflossen. Nichts können sie uns nachweisen. Oder besser: mir. Patrick ist nach der Tat abgetaucht, aber weil er noch aus dem Wohnzimmer des Anderen mit mir telefonierte und mir schöne Weihnachten wünschte – er selbst wollte erst am 6. Januar mit den Orthodoxen feiern –, konnte ich mich zumindest gegen den Vorwurf, ich selbst hätte meinen Rivalen bestialisch hingerichtet, wehren. Handyortung, Fingerabdrücke, ein paar Haare mit einer fremden DNA – in praktisch allen Ländern, die so etwas Ähnliches wie reguläre Polizeitruppen unterhalten, wird nach Patrick gefahndet. Man wird ihn freilich nicht finden, aber die Öffentlichkeit rechnet mir alleine die Grausamkeit des Verbrechens zu, macht mich verantwortlich, weil man mich für den Anstifter hält. Schließlich konnte man bei Patrick beim besten Willen kein Eigeninteresse erkennen.

Immer wieder denke ich daran zurück, wie wir bis zum Abend vor der schiefen Bude an der staubigen Hauptstraße saßen. Ein Stück nach rechts Richtung Touristenviertel standen drei große Disneyfiguren aus Hartplastik, eine Micky Maus, ein Goofy und ein Donald. Sie trugen rote Nikolausmützen auf ihren Plastikköpfen und präsentierten ihre fröhlichsten Gesichter, während sie sich um eine gerade mal kniehohe Maria scharten, die, von einer blumengeschmückten Ganescha-Figur bewacht, das dunkelhäutige Jesuskindlein in der Krippe mit rotem und orangefarbenem Pulver bestreute. Es wäre sicherlich lohnenswert gewesen, sich darüber zu unterhalten, wie solcherweise die ortsansässigen Hindus eine zentrale Begebenheit des westlichen Christentums mühelos und liebevoll in ihre Folklore integriert hatten. Aber Patrick und mich beschäftigten andere Dinge. Wir sprachen kaum, ich fragte ihn, woher sein leichter Akzent stamme, und erfuhr, dass Patrick in Estland geboren war, aber schon lange in Deutschland lebte. Im Wesentlichen jedoch wiederholte er immer wieder denselben Satz: »Ich stehe tief in deiner Schuld!«

Keiner fragte den anderen, weshalb er sich ausgerechnet jetzt an diesem Ort herumtrieb, unsere in der Hitze flimmernde Umgebung interessierte uns nicht. Wir tranken zuerst Chai mit frischer Kuhmilch, später dann Bier, das nach Glykol schmeckte, schließlich Teacher's Whisky, und Patrick hielt sich an meiner rechten Hand fest, stundenlang, als fürchtete er, ein schreckliches Wesen, böse und so grauenhaft wie die Götzenbilder in den hiesigen Tempeln, könnte dem Meer entsteigen, das in der Ferne funkelte, und ihn zum zweiten Mal und diesmal endgültig in die lichtlose Tiefe ziehen. Während ich mit einer leichten Betäubung meiner Sinne eine Handbreit über dem Boden schwebte und darüber meditierte, wie gut es doch war, dass wir zu Hause Schwimmunterricht gehabt hatten, im Volksbad in der Rothenburger Straße noch, und alle – Jungen und Mädchen – spätestens, seit wir zwölf oder dreizehn Jahre alt waren, gewusst hatten, wie man einen Menschen, der in Seenot geraten war, ans sichere Ufer schleppt.

Ich befürchte, selbst meine Anwältin hält mich für ein blutrünstiges Monstrum, ich spüre das. Daran, wie sie beim Besuch Abstand zu mir wahrt, wie sie zum Wächter schielt, der in der Ecke steht und so tut, als beschäftige er sich in Gedanken mit nichts anderem als damit, ob der Club auf- oder absteigt oder keines von beidem. Ich bemerke den Widerwillen meines Rechtsbeistandes daran, wie diese adrette und eloquente Person bestimmte Worte wie in Anführungszeichen ausspricht. Sie sagt: die »Tat«, die »zahlreichen Spuren«, die »Unschuldsvermutung«, als dächte sie in Wahrheit »horrormäßiges Abschlachten«, »grauenvolles Blutbad« und »ich glaube dir kein einziges Wort, du kranker Psychopath«. Was bleibt mir da anderes übrig, als immer wieder zu versichern, dass ich definitiv keinen Mord in Auftrag gegeben habe? Was ich den Ermittlungsbeamten schon Tausende Mal sagte, sage ich auch ihr: »Patrick wusste von meinen Problemen. Ich habe in seiner Gegenwart beklagt, dass Carola einen Liebhaber hat. Uns war beiden bewusst, dass der Ermordete mir bei meinen Bemühungen um Carola im Weg stand. Aber Patrick handelte nicht in meinem Auftrag!«

Große Umstände hatte Patrick allerdings bei der Tat keine gemacht. Er besuchte den Anderen zu Hause, den er aufgespürt hatte, ohne mich erst fragen zu müssen. Ich vermute, er hatte zunächst Carola beobachtet, die ihn ja nicht kannte, und war von ihr direkt zum Ziel seines Vorhabens geführt worden. Der Typ, mit dem sie offenbar seit Jahren ein inniges Verhältnis pflegte, hatte sich gewehrt, so viel vertraute man meiner Anwältin an. Patrick war quasi gezwungen gewesen, ihm sämtliche Finger zu brechen, ehe er das Messer fachgerecht an seinen Hals legen konnte. Und als das Blut zu fließen begann, muss Patrick einen Rappel gekriegt haben, weshalb er ihm, dem Anderen, auch noch den Schwanz abschnitt und der Leiche in den Mund stopfte, sodass es wie ein Mafiamord aussah. Bloß dass der Andere keinerlei Verbindung zur Mafia hatte. Es gab jedoch sehr wohl eine Verbindung, und zwar über Carola, die Mutter meines Kindes, zu mir.

Und nun sitze ich hier, und die ganze Welt ist gegen mich. Weil man mir mangels des ausführenden Täters die Verantwortung für jedes noch so kleine Detail des Mordes zuschiebt, als hätte ich ein grausames Drehbuch geschrieben, in dem ich jeden Schnitt und jeden Stich minutiös angeordnet habe.

Zugegeben: Patrick, klatschnass vom klebrigen Salzwasser, das ihm immer noch aus der Nase und den Ohren troff, zitternd vor Kälte und überstandener Todesangst, hatte sich damals an meine Brust geklammert, geschluchzt, ohne sich dessentwegen um seine Männlichkeit Sorgen zu machen, und mir dann mit heiserer Stimme jenes Versprechen gegeben, dessen Einlösung nun drauf und dran war, meine Existenz zu zerstören. Er dachte, die Gelegenheit sei gekommen, als wir uns, wie gesagt, komplett zufällig in der Kneipe begegneten und anfingen zu trinken, richtig zu trinken, ein Bier nach dem anderen, und dazwischen jedes Mal einen Schnaps oder zwei. Ich war bald entsetzlich besoffen und fing an, wie ein Waschweib über mein Herzensleid zu jammern.

Nun, der Barkeeper schien sich gewaltig für unser Gespräch interessiert zu haben, bloß den wichtigsten Teil verpasste er – was mich gegenüber dem Ermittlungsrichter in arge Bedrängnis bringt. Es stimmt, dass ich Patrick einen Job anbot – das gebe ich jederzeit freimütig zu. Nur die nicht gerade unbedeutende Einzelheit, dass es um die zeitlich befristete Aushilfe im Autohaus ging, die muss er überhört haben. Dem Staatsanwalt gegenüber werde ich es natürlich nicht erwähnen, aber sinngemäß sagte ich wohl schon, dass ich einiges dafür geben würde, wenn der Andere von der Bildfläche verschwände. »Einiges«, sagte ich – das könnte man schon so verstehen, als ob es um eine größere Summe Geld ginge. Aber Patrick sagte von Anfang an, er würde keinen Pfennig von mir nehmen, das könne er nicht mit seinem Stolz vereinbaren.

Ich war maßlos betrunken, aber wenn ich eines kapiert hatte, dann war es, dass mein Nebenbuhler in Wahrheit nicht die geringste Rolle spielte – Carola war das Problem. Sie liebte mich nicht. Sie würde mich nie lieben, da konnten weder Geld noch Schläge, weder Bitten noch Drohungen und erst recht kein Blut etwas daran ändern. Ich steckte in einer Falle, aus der mich Patrick nicht befreien konnte, so sehr er sich das auch wünschte. Carola war, insofern sie nach Belieben mit meinen Gefühlen spielen konnte, allmächtig. Das versuchte ich Patrick vergeblich zu erklären, und dass es deswegen nichts brächte, den Anderen zu töten – nicht einmal, ihn nur ein bisschen zu erschrecken. Das hörte der Barkeeper leider nicht mehr, aber ich schwöre bei allem, was mir heilig ist, dass es so war und nicht anders!

Und ich muss wirklich ganz ausdrücklich betonen: Ich wusste bis zu meiner eigenen Festnahme auch nicht, dass Patrick ein polizeilich gesuchter Schwerkrimineller war. Das las ich in dem gehefteten Bündel Unterlagen, das mir die Anwältin mit ein paar angewiderten Fältchen um die Nase herum über den Tisch schubste: Sein richtiger Name lautete Sergej, geboren in Tallinn, russischer Staatsbürger, Tschetschenien-Veteran, gesucht in Polen wegen zweifacher Tötung, Raubüberfälle in Estland, der Ukraine und in Serbien, schwere Körperverletzung, Drogen. Ich hatte einen Gangster aus dem Meer gefischt, einen echten Profikiller wie aus dem Bilderbuch, das in der Redaktion der *Bildzeitung* ausliegt. Und ich hatte ihm vor Zeugen einen Job angeboten.

Wenn sich zwei Gegner ebenbürtig sind, kann keiner den anderen besiegen. Jeder erholt sich immer wieder rechtzeitig, sodass die Kräfte nie ausreichen, um den anderen endgültig zu vernichten. Dabei soll man genau das tun: den Gegner vernichten, ehe er sich wieder aufrappeln kann. Auch der Ermittlungsrichter ist sich dessen sehr wohl bewusst. Deswegen weiß ich: Am Schluss werden sie mich niederringen, und dann bin ich verloren. Vielleicht wird mich mein Sohn irgendwann im Gefängnis besuchen, wenn er alt genug ist. Vielleicht aber auch nicht, und was würde mir sein Besuch auch bringen? Nichts. Vielmehr würde er nur den Schmerz neu entfachen, darüber, dass die einzige Heldentat, die ich je vollbrachte, letzten Endes mein Leben zerstörte.

Denn Patrick hätte sich von nichts und niemandem davon abbringen lassen, mir ein ganz besonderes Weihnachtsgeschenk zu machen. Ob er von Beginn an geplant hatte, den Anderen abzumurksen, wird man wahrscheinlich nie erfahren. Womöglich wollte er ihm auch nur eine Tracht Prügel verpassen, und dann waren die Pferde mit ihm durchgegangen. Wie auch immer – als alles vorbei war, rief er mich vom Tatort aus an. Ich spürte deutlich die Freude in seiner Stimme, als er sagte, wir seien jetzt quitt. Dass er ein ehrbarer Mann sei, der wisse, wie er sich zu revanchieren habe. Und er mir jetzt viel Erfolg wünsche, bei Carola, nachdem er das »Problem« aus der Welt geschafft hätte.

Von diesem Moment an habe ich gewusst, dass ich in Schwierigkeiten steckte, wie ein Schwimmer, alleine weit draußen im Ozean, der plötzlich einen Krampf im Bein spürt ...

Horst Prosch

Superclean oder:
Frau Mareisch schreibt einen Brief

An den Kriminalkommissar Matthias Brendle in Ansbach
Persönlich!

Es gibt eine Zeit, in der man mit sich selbst Frieden schlie-
ßen muss. Diese Zeit ist nun für mich gekommen. Ich bin
nicht mehr jung, täglich schmerzt etwas anderes. Aber solange sich diverse Körperteile bemerkbar machen, wenn
auch unangenehm, ist dies immerhin ein Zeichen: Ich lebe
noch!

In wenigen Wochen ist Weihnachten. Ich mag dieses Fest
nicht unbedingt, weil es mich an etwas erinnert. Wir alle erinnern uns zu diesem Fest an besondere Ereignisse. Wenn
es etwas Schönes ist, dann ist es gut; in meinem Fall ist die
Erinnerung weniger angenehm, und vielleicht betrachte ich
Weihnachten deswegen am liebsten von hinten, also im Januar, wenn es wieder vorüber ist.

Hier im Haus fangen sie nun an, Weihnachtsplätzchen zu
backen. Es riecht nach Teig und nach gebrannten Mandeln,
manchmal auch nach Glühwein und Punsch und diesem
ganzen süßen, gepantschten Zeug, von dem ich nur Kopf-
schmerzen bekomme. Ich frage mich, warum man wegen
Weihnachten so einen enormen Aufwand betreibt. Jedes
Jahr scheinen die Vorbereitungen mehr Zeit in Anspruch
zu nehmen, jedes Jahr kommt neue Dekoration hinzu, als
wäre ein kleiner Tannenzweig in jedem Zimmer nicht genug.

Jetzt bin ich abgeschweift, Entschuldigung! Wissen Sie, ich wohne nicht mehr allein, sondern bin in einem Heim untergebracht. Da ist es Luxus, wenn man noch ein eigenes Zimmer für sich hat und sich nicht mit anderen ein Appartement teilen muss.

Meine Mitbewohner können mich nicht leiden. Zuerst waren sie ja ganz nett zu mir, vor ein paar Jahren. Aber dann sind Gerüchte aufgetaucht, was in meinem Leben schon alles passiert ist und wo ich viele Jahre verbracht habe. Gerüchte! Aber Sie wissen ja, wie das ist mit den Gerüchten: Sie bekommen Füße, laufen von einer Ecke zur nächsten und sammeln Details auf, die nicht unbedingt wahr sein müssen. Es wird recherchiert, gerade in den Zeiten des Internets, denn auch in diesem Heim gibt es Computer, obwohl nicht alle damit umgehen können.

Schon wieder muss ich mich entschuldigen. Ich kam einige Tage nicht zum Schreiben, musste den begonnenen Brief sogar verstecken, weil die Leute aus den anderen Zimmern bei mir herumschnüffeln. Wir dürfen unsere Zimmer nicht absperren, wegen der Sicherheit. Es ist schon vorgekommen, dass jemand nachts aus dem Bett gefallen ist und nicht mehr alleine aufstehen konnte; dann muss uns geholfen werden, sogar mir!

Jetzt muss ich wirklich anfangen. Sonst werde ich bis Weihnachten nicht fertig; manchmal ist meine rechte Hand kaum zu gebrauchen. Dann ist das Handgelenk so steif, dass ich es nicht einmal schaffe, den Drehverschluss einer Wasserflasche zu öffnen.

Also: Ich war damals als Putzfrau beschäftigt. Leider habe ich nach der Hauptschule keine Ausbildung gemacht und immer nur irgendwelche Arbeiten verrichtet, die sonst niemand erledigen wollte: Stundenlang im Chemiemief einer Reinigung die Hemden der feinen Herren bügeln. Oder im steilen Weinberg an der Mosel die Trauben ernten; morgens um fünf Uhr Spargel stechen; in einer Kantine das Mittagessen für die Arbeiter ausgeben; bei der Apfelernte in Südtirol helfen. Nachts habe ich die Klos in den Autobahnraststätten gereinigt und wurde von den Lastwagenfahrern dumm angeredet. Ob ich nicht zu ihnen in die Kabine kommen wolle, dann wäre es gemütlicher. Habe ich aber nie gemacht, und ich habe es auch selten länger an einem Ort ausgehalten als ein paar Monate. Ich wollte immer nur weg, immer weiter. Durch halb Europa bin ich gekommen, habe mich sogar mal als Animateurin in einem Ferienclub auf Mallorca von den Kindern der reichen Leute mit Spaghetti Bolognese bewerfen lassen müssen, damit die Herrschaften in Ruhe ihr Fünfgängemenü in sich hineinlöffeln konnten. Bis ich dann endlich bei der Firma *Superclean* gelandet bin.

Das war ein feiner Laden. Geregelte Arbeitszeiten, meistens dann, wenn die Damen und Herren die Büros verlassen hatten und uns niemand mehr bei der Arbeit zusah. Zuerst durfte ich nur unter Anleitung putzen. Mir wurde gezeigt, wie ich den Wischmopp zu halten hatte, wie ich ihn drehen musste, in welcher Richtung ich durch die Gänge zu gehen hatte, nämlich rückwärts, wie das Wasser ausgewrungen werden sollte, wohin das Schmutzwasser geschüttet wurde. Keine fünf Minuten wurde ich allein gelassen, alles wurde kontrolliert. Die Kolonnenführerin ist mit einem speziellen weißen Tuch, auf dem man jedes feinste Staubkörnchen gesehen hat, über die Ablageflächen gefahren, hat die Ecken überprüft und die verstecktesten Winkel, ob ich auch dort geputzt hatte. Alles musste *superclean* sein. Das war das Motto der Firma, und deshalb hieß sie auch so. In dicken fetten Buchstaben stand es auf dem Kleinbus, mit dem wir zu unseren Einsatzorten gebracht wurden. *Superclean.* Und jeder in der Stadt wusste: Hier kommt die Putzelite.

Ich habe mir eine Packung Spekulatiusplätzchen aufgemacht. Ich hoffe, das stört Sie nicht, Herr Kriminalkommissar. Wenn Sie beim Lesen dieser Seiten zufällig ein paar Krümel finden, dann wissen Sie zumindest, woher sie kommen.

Nach einem halben Jahr Probezeit wurde ich fest eingestellt. So lange hatte ich es noch niemals irgendwo ausgehalten. Ich bekam ein festes Einsatzgebiet. Montag musste ich in einer großen Wirtschaftsprüferkanzlei putzen, am Dienstag die Kantine einer Metallwarenfabrik von Speiseresten säubern, mittwochs hatte ich frei. Das brauchte ich auch, damit ich ausschlafen konnte. Wir putzten immer von zwanzig Uhr abends bis vier Uhr morgens. Am Donnerstag war eine Versicherung an der Reihe, am Freitag die Investmentabteilung einer Großbank. Samstag war Sondereinsatz angesagt, da schrubbten wir uns durch diverse Diskotheken der Stadt, meistens erst ab fünf Uhr morgens bis spät in den Sonntagvormittag hinein. Das war das Schlimmste. Die Toiletten in den Diskotheken ... Details schreibe ich jetzt nicht, aber Sie können sich bestimmt vorstellen, was passiert, wenn ein paar Hundert Leute zu viel trinken und zu wenig Klos vorhanden sind.

Am schönsten fand ich es immer in der Investmentabteilung dieser Großbank. Edle Möbel. Mit Kunstwerken ausgestattete Gänge. Tolle Aussicht. Irgendwann durfte ich das allein erledigen, so zuverlässig war ich geworden. Ich habe mich damals sehr über mich selbst gewundert, dass ich ausgerechnet beim Putzen diese Eigenschaft entwickelte. Aber vielleicht sollte es genau so sein. Mein Lebensweg hätte sonst garantiert anders ausgesehen.

Meine Schrift ist wieder zittrig geworden, vielleicht haben Sie es bemerkt. Das liegt am rechten Handgelenk. Ein altes Leiden, das immer schlimmer wird. Details dazu kommen später. Ich will Ihnen ja schließlich die ganze Geschichte erzählen, nicht nur die Hälfte.

Diese Hand! Diese dumme, dumme, dumme rechte Hand. Sie will einfach nicht mehr. Die Schuld daran hat *Superclean!* Aber das wollte ich zunächst nicht wahrhaben. War ja eine ganz andere Zeit damals, vor über 50 Jahren. Was habe ich nicht alles geputzt. Das Fräulein Mareisch war beliebt. Manche Firmen verlangten speziell nach mir. Wenn ich Dienst hatte, waren die Duftspender immer nachgefüllt, die Halter mit den Ersatzklopapierrollen bestückt, die Eimer für die Hygieneartikel geleert, die Handtücher akkurat auf einen Stapel gelegt, die Spiegel geputzt. Einmal hatte jemand in einer Damentoilette mit einem breiten Stift *Danke fürs Putzen* quer über einen Spiegel geschrieben. Zuerst freute ich mich, dann nicht mehr. Die Farbe ging sehr schlecht wieder weg. Sogar *Superclean* kam an seine Grenzen.

Schließlich durfte ich auch die Büros in der Chefetage dieser Investmentabteilung putzen. Das war *der* Aufstieg in die Elite des Reinigungswesens. War natürlich niemand mehr da, wenn ich kam. Die Herren machten bei Börsenschluss Feierabend, und dann gingen sie ein paar Straßen weiter in die nächste Kneipe, um den Erfolg oder Misserfolg des vergangenen Tages hinunterzuspülen. Und ich? Putzte und putzte und rollte meine Utensilien durch die nobel ausgestatteten Räume.

Manchmal setzte ich mich für zwei Minuten in den dicken Ledersessel, wenn ich die teuren, superbreiten, glänzenden Edelholzschreibtische vom Staub der letzten Tage befreit hatte und mir eine winzige Pause gönnte. Dann tat ich, als würde ich mir eine Zigarre anstecken, zog mir die Schuhe aus und legte meine langen, schlanken, nackten Beine auf den Tisch. Wie gut das tat! Wie schön die Aussicht war, hier oben vom zweiundzwanzigsten Stockwerk. Ich konnte über die ganze Stadt und ihre Lichter blicken.

Genau in so einem Moment, als ich mir eine Fantasiezigarre anzündete, die aber nur ein Kugelschreiber war, ging plötzlich die dunkle Edelholzregalwand auf. Es musste sich darin eine geheime Tür befinden, ich hatte das noch niemals bemerkt. Und dann stand ER im Zimmer. Dr. Bernhard Kleuschewitz. Der Leiter des Investmentbankings. Ich werde seinen Namen niemals vergessen. Auch nicht seinen Anblick. Das Hemd hing ihm aus der Hose, die Haare standen wirr von seinem Kopf ab, sein Blick war wie irr und orientierungslos, als wäre er dem Teufel und einem Dutzend Engeln gleichzeitig begegnet. Er sah mich in seinem Sessel sitzen, die nackten Beine auf seinem Schreibtisch. Mein Putzmantel war weit auseinandergefallen und gab den Blick auf meine Unterhose frei. Wenn ich gewusst hätte, dass mir an diesem Abend so etwas passieren würde, hätte ich mir ein schöneres Höschen angezogen, nicht so ein altes, hässliches, weißes Ding mit Blümchen.

Dr. Bernhard Kleuschewitz fuhrwerkte mit seinen Armen wild durch die Gegend, als wollte er im nächsten Moment ein Donnerwetter loslassen; zumindest erwartete ich nichts anderes und versuchte, so schnell wie möglich aus dem Sessel zu kommen, in den ich nicht hineingehörte. Leider vergaß ich, dass es ein Rollsessel war, in dem ich saß, und dass ich Rollsessel nicht gewohnt war. Das Ergebnis meiner Bemühungen, möglichst schnell aufzustehen, war, dass ich ziemlich verrenkt auf dem Fußboden landete, zwei Knöpfe meines Putzmantels rissen ab und gaben den Blick bis zum Büstenhalter frei. Auch so ein verwaschenes, unförmiges Teil, fleischfarben, ohne Bügel. Der Doktor kam auf mich zu, und ich wartete darauf, dass er sich auf mich stürzen würde und dann ... na, Sie wissen schon. Strafe muss sein. Es kam anders.

Dr. Bernhard Kleuschewitz zeigte auf einen Raum, der sich hinter der Regalwand verbarg. »Sauber machen«, befahl er, stopfte sein Hemd in die Hose und verschwand.

Es dauerte einen Moment, bis ich mich vom Fußboden erhoben und meine Kleidung und die Gedanken wieder einigermaßen sortiert hatte. Dann betrat ich den geheimen Raum.

Die Hand. Diese verflixte rechte Hand. Ich muss jetzt mit der linken Hand schreiben. Es geht so langsam, dass es mir scheint, als würde ich jede Stunde nur einen einzigen Satz schaffen. Bitte entschuldigen Sie vielmals meine schrecklichen Buchstaben! Links zu schreiben ist anstrengend. Weihnachten rückt immer näher, und bis dahin möchte ich unbedingt fertig sein. Es drängt mich richtig danach, diesen Brief endlich abzusenden. Ich hoffe, Sie verstehen das. Mögen Sie eigentlich Honigpunsch?

Der Raum war sonnengelb gestrichen. Es schien, als würde darin die Sonne aufgehen. Sogar die halbe Decke war hellgelb, zur Mitte hinein fast weiß, darin ein blasses Blau, als würde man in den Himmel hineinsehen können. Ein breites, weißes Bett stand direkt unter dem blassblauen Himmel, und in diesem Bett lag eine Frau, irgendwie verdreht und seltsam entrückt. Ich versuchte, zur Seite zu schauen, was mir aber nicht gelang. Ich musste diese Frau anschauen, deren linkes Bein unter der Bettdecke hervorragte, die feuerroten Haare waren verknotet, so was macht keine Frau. Das Schlimmste aber waren die Finger: viel zu lang und stöckchendürr, als habe der Herrgott hier etwas ausprobiert.

Herr Kommissar, ich weiß schon, was Sie denken: Was will mir diese Frau eigentlich erzählen? Sie möge doch endlich zum Punkt kommen. Da schreibt sie zu Beginn, es wird Zeit, dass sie mit sich ins Reine kommt, und dann erzählt sie mir ihre Putzgeschichten. Ich bemühe mich, es so kurz wie möglich zu machen, aber das ist nicht so einfach.

Die Frau im Bett, Herr Kommissar, war eine Puppe. Sie war nackt, hatte nicht einmal ein Höschen an, und dort, wo das Höschen sein sollte, war ein Loch. Mehr will ich dazu nicht schreiben. Ich sollte ja sauber machen. Also machte ich sauber, nahm dazu wie immer *Superclean*, wischte über Regale und Nischen und das Bettgestell, zog auch das Bett ab, das war dringend notwendig, denn unter der Bettdecke gab es eine größere Sauerei. Die Puppe stellte ich in einen Schrank. Nun sah das sonnengelbe Zimmer wieder normal aus. Wie ein Rückzugsort für gestresste Investmentmanager. Nur das Bett in der Mitte irritierte etwas. Aber mir war tausendmal gesagt worden, ich sollte mir über alles, was ich in den Zimmern vorfand, die ich zu säubern hatte, keine Gedanken machen. Also machte ich mir keine Gedanken.

Eine Woche später war wieder das Büro des Investmentbankers dran. Ich schob wie immer mein Putzwägelchen vor mir her, als ich die Tür öffnete. Diesmal saß Herr Dr. Bernhard Kleuschewitz an seinem Schreibtisch. Er winkte mich zu sich heran und deutete auf ein Kuvert, das vor ihm auf dem Tisch lag. »Für Sie«, sagte er.

Im Kuvert waren 100 Mark.

»Sie wissen schon, für das besondere Zimmer.«

Ich weiß nicht, warum ich nicht einfach still war, die 100 Mark einsteckte und meine Arbeit machte. Es ging einfach nicht. Die Fragen drängten sich über meine Lippen, es war mir nicht möglich, sie zurückzuhalten. Warum er eine Puppe dazu brauchte. Er könne doch in diese speziellen Häuser gehen, die nur ein paar Straßen weiter sind, er habe bestimmt genügend Geld. Und das sei nicht normal, mit einer Puppe, noch dazu mit einer so komischen. Da ist doch kein Leben drin. Und kein Gefühl. Das ist nur Plastik und unecht und irgendwo lieblos zusammengebastelt.

Er begann zu weinen. Wie ein Kind. Der große, mächtige Investmentbanker. Und was tat ich? Ich nahm ihn in den Arm, drückte ihn an mich, tröstete ihn, strich ihm über seine vollen, grauen Haare, wieder und immer wieder, und so gelangten wir in dieses besondere Zimmer, auf das Bett, und ich sah den hellblauen Himmel über mir, und die Sonne ging die ganze Nacht nicht unter.

Herr Kommissar! Ich hoffe, Sie lesen das wirklich selbst, und nicht Ihre Assistentin. Dies ist nur für Sie bestimmt. Also: Wenn das ein Praktikant oder ein fremder Dritter liest, dann muss er genau JETZT damit aufhören, denn jetzt wird es wirklich sehr persönlich. Deshalb habe ich auf dem Brief ausdrücklich *persönlich* vermerkt. Meiner rechten Hand geht es übrigens etwas besser, vielleicht haben Sie es bemerkt. Das ändert sich immer sehr plötzlich. Vielleicht liegt es daran, dass es draußen schneit. In zwei Wochen ist Weihnachten.

Wir trafen uns von nun an jeden Freitag. Es kam mir vor, als würde Aschenputtel in das Schloss des alternden Märchenprinzen schleichen. Bernhard war ja so ein sensibler Mensch, das dachte man zunächst nicht, wenn man ihn so sah mit seinen grauen Haaren und der strengen Brille und dem weißen Hemd und der Businesskrawatte. Aber wenn er das alles abgelegt hat, auch die Brille, und wenn die Börsen geschlossen hatten und er nicht mehr die Aktien der reichen Leute verwalten musste, dann ...

Ich könnte jetzt viele Details schreiben: was wir machten und wie wir es genossen und was wir fühlten und welche Pläne wir hatten. Aber darauf verzichte ich. Nach ein paar Monaten stellte ich nämlich fest, dass ich schwanger war. Zunächst merkte ich es nicht oder wollte es nicht merken. Bis es mir plötzlich fürchterlich schlecht wurde, als ich eine neue Flasche *Superclean* öffnete, mit der wir alles zu putzen hatten. Zum ersten Mal bemerkte ich die Warnhinweise, die kaum lesbar auf der Rückseite abgedruckt waren: Stark ätzend. Gesundheitsgefährdend. Kann Vergiftungserscheinungen hervorrufen und zu dauerhaften Schäden an Knochen und Gelenken führen. Am Ende des Textes waren ein Totenschädel und noch ein paar andere Zeichen abgebildet. Außerdem stand auf der Flasche, dass man bei Benutzung des Reinigers unbedingt Handschuhe der höchsten Sicherheitsklasse tragen sollte. Da musste ich mich übergeben. Mitten hinein in das Männerklo, das ich gerade erst mit *Superclean* und natürlich ohne Handschuhe geputzt hatte.

Freitags war ich wieder in der Investmentbank bei Bernhard. Es war eigentlich wie immer, und doch anders. Bernhard wollte wissen, warum ich ausgerechnet heute so zurückhaltend sei, das sei er von mir nicht gewohnt. Dabei habe er sich heute ein neues Spiel ausgedacht: Ich sollte ihn mit den Händen ans Bett fesseln, damit er nicht an mir herumfummeln konnte. So war es schöner für ihn, weil er dann darauf warten musste, was ich mit ihm anstellen würde. Wir hatten so etwas Ähnliches schon mehrmals gespielt, und ich dachte mir, wenn er es heute unbedingt haben will, dann soll es sein.

Ich fesselte ihn also mit ausgestreckten Armen ans Bett. Nur ganz leicht, denn es sollte ja nicht wehtun. Dann zog ich ihn aus, entkleidete auch mich, machte aber sonst nichts weiter, setzte mich auf seine Oberschenkel und schaute ihn an, wie er so dalag. Graumelierte Haare auf der Brust, auch unter den Achseln, der Bauch nicht mehr so üppig wie sonst, weil sich sein Volumen nach rechts und links verteilte. Bernhards Augen blickten mich gierig an, es schien, als wollte er mich auffressen. Er sollte ruhig ein bisschen warten, bis ich was an ihm tat.

Also, manche alten Leute hier im Heim haben seltsame Ideen. Oder sie sind einfach nur kindisch. Stürmen einfach herein, ohne zuvor anzuklopfen, obwohl das hier üblich ist und auch ständig bei den Besprechungen wiederholt wird, und dann stehen sie plötzlich mitten im Zimmer und stellen fest, dass es nur noch zehn Tage bis Weihnachten sind. Und ihnen sei eingefallen, dass sie ein Krippenspiel einstudieren möchten. Ich soll mitspielen. Als schwarzes Schaf. Einziger Text, den ich mir merken müsste: *Schaut mal, was da liegt. Ein kleines Kind!* Das sei eine wirklich große Ehre für mich. Ich habe nur kurz hochgeblickt und dann deutlich »Raus hier, aber schnell«, gesagt.

Wo war ich stehen geblieben? Richtig. Bernhard lag also ein bisschen festgezurrt auf diesem weißen Bett, über ihm der hellblaue Himmel, und wartete, dass ich was an ihm tat. Aber ich tat nichts an ihm. Ich saß nur auf seinen Oberschenkeln, machte mich richtig schwer und beobachtete, was sich bei ihm regte. Dann sagte ich ihm, dass ich schwanger war.

»Du spinnst wohl! Das lässt du natürlich wegmachen!«

Dr. Bernhard Kleuschewitz bäumte sich auf. Er zerrte an seinen Handfesseln und wollte mich von seinen Oberschenkeln stoßen, schaffte es aber nicht. Er war nicht mehr der Jüngste und nicht mehr so beweglich, wie er es sich in dieser Situation vielleicht gewünscht hätte. Dann legte er los. Die Bezeichnungen, die er für mich fand, möchte ich nicht wiederholen. Wie ein übel riechender Brei quollen die Sätze aus seinem Mund und überzogen mich mit den wildesten Theorien. Dass ich mir das fein ausgedacht hätte. Ein bisschen Sex mit einem reichen Onkel, dann schwanger werden und für den Rest des Lebens ausgesorgt haben. Und alle Frauen seien doch gleich. Und er habe wirklich geglaubt, ich sei anders. Da wäre er lieber bei seiner Puppe geblieben.

Irgendwann stand ich auf und verließ das Zimmer. Ich hockte mich in seinen Ledersessel, dachte für einen Moment nach und hörte ihn immer weiter lamentieren. Ich möge ihn losmachen, er würde mir die Kosten für die Abtreibung zahlen, aber dann wolle er mich nicht mehr sehen. Seelenruhig ging ich zu meinem Putzwagen, nahm *Superclean* und meinen Putzlappen und kehrte zu ihm ins sonnengelbe Zimmer zurück. Dr. Bernhard Kleuschewitz lag verdreht auf dem Bett und versuchte, die Handfesseln zu lösen. Ich hinderte ihn daran, hockte mich ziemlich unsanft auf seinen Bauch, rutschte vor zu seinem Brustkorb und knüllte den Putzlappen zu einem festen Klumpen zusammen. Als er erneut mit seinen Beschimpfungen begann und den Mund öffnete, stopfte ich ihm den Lappen seitlich zwischen die Zähne.

Es gluckerte in der Flasche, als *Superclean* in seinen Rachen lief. Manchmal gingen ein paar Tropfen daneben, aber das störte mich nicht weiter. Ich hielt den Kopf von Dr. Bernhard Kleuschewitz so lange zwischen meinen nackten Knien fest, bis die Flasche leer war. Dann stand ich auf, verschloss die geheime Öffnung in der Schrankwand und zog mich an. Mit den letzten Tropfen *Superclean* wischte ich über alle Schränke und Einrichtungsgegenstände, dann ging ich nach Hause.

Sie entdeckten den Investmentbanker erst nach drei Wochen. Muss kein schöner Anblick gewesen sein. Auch kein schöner Tod. Kurz darauf tauchte die Polizei bei mir auf und verhaftete mich. Der letzte Gerichtstermin war fünf Tage vor Weihnachten. In der Urteilsbegründung wurde die besondere Schwere der Schuld festgestellt. Meine Schwangerschaft zählte nicht als mildernder Umstand. Eher als Motiv. Aber da hatte ich schon entbunden.

Und nun, lieber Kriminalkommissar Matthias Brendle, fragen Sie sich, warum ich Ihnen dies alles schreibe. Meine Schuld ist gesühnt, ich habe meine Strafe längst in diversen Verwahrungsanstalten abgesessen. Das letzte Gefängnis heißt Altenpflegeheim, und in fünf Tagen ist Weihnachten. Ich schreibe wieder mit der linken Hand, die rechte ist steif und aufgequollen und zu nichts zu gebrauchen. *Superclean* wirkt noch immer. Aber man sagt ja: Die linke Hand kommt von Herzen.

Das ungeborene Kind von Dr. Bernhard Kleuschewitz konnte ich während der Untersuchungshaft nicht mehr abtreiben, dafür war es zu spät. Ein paar Tage nach der Geburt gab ich meinen Sohn zur Adoption frei.

Lieber Matthias, ich weiß, ich habe in meinem Leben nicht viel richtig gemacht. Aber ich würde mich trotzdem sehr freuen, wenn ich Dich wenigstens noch einmal sehen könnte und spüren darf, wie Du Dich jetzt anfühlst. Vielleicht schaffst du es ja, an Weihnachten kurz bei mir vorbeizuschauen. Die Adresse findest Du auf dem Kuvert. Meine Tage werden weniger, und hier ist es sehr einsam, denn die Mitbewohner mögen mich nicht.

Es grüßt Dich herzlich Deine Mutter Sonja Mareisch.

Ewald und Helwig Arenz

Fränkischer Deichgraf

1

Der Dezembersturm war auch im Inneren des ansonsten sehr gemütlichen Dorfgasthauses *Zum Schimmelreiter* zu hören. Es pfiff an den Ecken, fauchte im uralten Kamin, in dem zusätzlich zur Heizung ein Feuerchen brannte, und wenn sich die schwere Tür öffnete, dann blies es so unfreundlich kalt ins Gastzimmer, dass gleich mehrere Stimmen genervt riefen: »De Düür mak to!«

Die Stimmung in der Bürgerversammlung war ohnehin latent gereizt, und die Zuspätkommenden wurden so kalt angesehen, wie der Sturm draußen tobte. Hofreither, der vorne auf dem kleinen Podium stand, versuchte, die Atmosphäre zu verbessern.

»Hier vorn ist noch ausreichend Platz!« Er wies auf die Tische in der ersten Reihe, die tatsächlich sehr übersichtlich gefüllt waren. »Setzen Sie sich nicht auch noch nach hinten, sonst kippt am Ende die Schenke«, scherzte er. Ein paar der Bauern lachten tatsächlich gutmütig. Sogar Bürgermeister Storm lächelte und nickte ihm zu.

»Fang man an, Jong. Wir müssen morgen alle früh raus.«

Helga machte diese kleine, hübsche Kopfbewegung, die er schon am Anfang so gemocht hatte. Keck. Aufmunternd. Ein klein bisschen spöttisch. Und während Storm etwas ganz und gar nicht friesisches Dunkles an sich hatte – dunkle Augen, fast schwarzes Haar – war seine Tochter so blond, wie ein Süddeutscher aus dem komplett küstenlosen Franken sich ein norddeutsches Mädchen eben vorstellte.

Aber wahrscheinlich hätte er sich auch in sie verliebt, wenn sie so dunkles Haar wie ihr Vater gehabt hätte. Sie war so weltoffen, so intelligent und dabei auf so eine wunderbare Art heimatverbunden, wie er selbst es in Nürnberg nie erlebt hatte. Tradition hieß hier einfach etwas anderes als bei ihm daheim. Deswegen mochte er die Gegend auch so.

»Sie wissen ja sicher alle schon, weshalb ich hier bin.«

»Jo. Leider!«, klang es barsch von weiter hinten, wo Wölkers saß, der größte Bauer am Ort. »Braucht kein Mensch, diesen neuen Umweltkram.«

Hofreither stoppte und sah Wölkers an. Angriff ist die beste Verteidigung. Offenheit. Klarheit. Verbundenheit herstellen. Den Feind auf die eigene Seite bringen.

»Ich weiß, dass euch das nicht gefällt. Aber wir sind auf einer Seite. Das ist euer Land, das wir alle schützen wollen. Das ist die Welt, in der wir alle leben. Und dazu müssen einfach die CO2-Werte runter. Das ist alles. Das wollt ihr auch. Weil es auf Dauer Kosten spart. Ich mache hier nichts anderes, als euch dabei zu helfen.«

»Was wir brauchen, ist der neue Deich!«

Wölkers war aufgestanden. »Und ihr Umweltfritzen klagt dagegen, weil irgendwelche Spezialmöwen da brüten. Möwen gibt's doch genug! Und bei der nächsten Sturmflut ist hier Land unter!«

»Genau!«, gab Hofreither zurück. Er wurde nicht laut, aber bestimmter. »Und warum? Weil wir hier so viel CO2 in die Luft blasen, dass in der Arktis Gletscher abbrechen, die so groß wie ganz Friesland sind! Wir müssen hier anfangen. Hier!«

Storm stand auf und wandte sich an die Versammlung.

»Lasst den Jong erst mal schnacken.«

Wölkers setzte sich murrend, aber wenn Storm etwas

ansagte, dann wurde das getan. Hofreither lächelte Helga an. Sie lächelte zurück. Er holte tief Luft und fing an zu erklären, wo man überall Energie sparen, effizienter arbeiten konnte, und dass man vielleicht auch nicht mit dem Auto vom Hof in die Gastwirtschaft fahren musste, wenn der nur achthundert Meter entfernt war.

Der kleine Petersen rief launig dazwischen: »Ich sitz den ganzen Tach auf'm Trecker. Das Auto will ja auch mal bewegt sein!«

Die Versammlung lachte. Hofreither stimmte mit ein. Er hatte das Gefühl, er würde sie auf Dauer schon kriegen. Nicht nur die Friesen, auch die Franken konnten stur sein, das wollte er ihnen schon zeigen.

2

»Fahrt ihr mit?«

Auf dem Parkplatz vor dem *Schimmelreiter* toste der Dezembersturm um die Autos und peitschte den dünnen Nieselregen nadelfein in die Gesichter. Storm musste ordentlich die Stimme heben, um Helga und Hofreither zu erreichen.

»Wir laufen noch ein Stück«, rief Helga zurück, schlug den breiten Kragen ihrer Düffeljacke hoch und nahm Hofreithers Arm. Der hatte sofort rote Wangen vom eisigen Wind bekommen und sah aus wie ein großer Junge. Storm winkte ihnen zu und stieg in den Mercedes. War er auch so gewesen? So ein junger Stier, voller Energie und Unruhe? Er musste ein bisschen grinsen, als er das Radio anstellte und wie bestellt der Refrain schneidend klar aus den Boxen klang: *Who wants to live forever?* Ja. Vermutlich war er genauso wie Hofreither gewesen. Überzeugt. Sicher. Kampfbereit. Das andere lernte man erst nach und nach. Dass man die Welt nicht verändern konnte. Dass es nie ums große Ganze ging, sondern immer um die Familie und dann um die Freunde und dann ums Dorf. Und was danach kam, das berührte einen schon nicht mehr wirklich. Das Hier. Das Jetzt. Das zählte, sonst nichts. Am Anfang hatte er es nicht so gern gesehen, dass Helga und der Junge sich so nahe kamen. Die Sorge eines Vaters eben. Da war der Schwiegervater damals nicht anders gewesen, dachte er und drehte das Radio noch lauter. Aber es waren ja auch die Töchter, die einem die Enkel brachten. Die Söhne gingen verloren. Und ja, Hofreither war so ein junger Stier, wie er es gewesen war. Mit einer schnellen Lenkbewegung musste Storm den Wagen in der Spur halten, als er auf die Deichstraße kam und der Sturm hinter der Wand aus Sand und Gras wie abgeschnitten war. Der Deich. Vielleicht konnte einer aus dem Süden das nicht richtig verstehen, was der Deich für das Dorf war. Er hätte die beiden doch mitnehmen sollen. Nichts konnte einem besser klarmachen, wie sehr der Deich das Dorf schützte, als so ein Moment. Der neue Deich würde gebaut werden. Und wenn zehn solche jungen Stiere aus dem Süden kamen, lächelte Storm nachdenklich.

3

»Manchmal ist mir dein Vater unheimlich!«, rief Hofreither Helga scherzhaft zu, nachdem sie eine Weile schweigend gegen den Winddruck angegangen waren, die Gesichter ein bisschen zur Seite gedreht, weil das Atmen schwerfiel. Helga drückte seine Hand, was er als Ermunterung verstand, weiterzusprechen. »Na ja, er ist so freundlich zu mir. So sind Väter von schönen Töchtern meistens nicht ...«

Helga lachte. »Wie viele Väter hast du denn schon ausprobiert?«

»Ach, verdammt. Genau in die Falle gerannt ... und ich wollte dich noch küssen.«

Helga blieb stehen, sah ihm spöttisch lächelnd in die Augen. Ihr schönes Gesicht war vom Sturm jetzt ebenso rot wie seins.

»Küssen – klar! Hinterher vielleicht, oder? Küssen wolltest du vielleicht auch, aber das hätten wir auch im Auto gekonnt. Und fürs Küssen hättest du nicht aus Nürnberg herkommen müssen.«

Mit einem Ruck hatte sie seine Jacke aufgerissen. Die Knöpfe klapperten auf den Asphalt und fegten im Wind fort.

»Wow!« In Hofreither stieg die Lust brennend hoch. Der Sturm toste um sie beide herum. Solche Stürme gab's zu Hause nicht, und er liebte es. Helga riss sein Hemd mit derselben überraschenden Stärke auf wie seine Jacke. Ihre Hände waren warm. Mit Wucht zog er sie an sich und presste seinen Mund auf ihren. Seine Hände unter ihrer Düffeljacke. Sein Leib an ihrem. Hier. Mitten auf der Straße im Sturm. So war sie – selber wie ein Sturm. Und jetzt traf die eiskalte Luft ihre nackte Haut, blies in das Feuer, das zwischen ihnen war, und fachte es an zu tosender Glut.

4

Der Sturm war vorbei, der Morgen brachte eine dichte Wolkendecke, die tief über dem Meer hing, nur ein kleines Stück dunstige Weite zwischen Wasser und Himmel schien übrig geblieben zu sein.

Hofreither schlenderte über den Deich. Er genoss das graue, wilde Wetter, aber die Hände musste er doch tief in den Taschen vergraben. Schnee war zwar in Franken auch seltener geworden, aber der Wind schnitt einem zu Hause nicht so scharf in den Kragen und die Ärmel. Er dachte an Helga und musste grinsen.

Unglaublich, wie viel Kraft so ein kleiner Körper haben konnte! Und da hieß es immer, die Norddeutschen seien kühl! Überhaupt war das hier für ihn eine ganz neue Welt. Er blieb stehen und wandte sich dem Dorf zu. Es sah aus, als hätte das Meer die paar kleinen Häuser mit den fahlen Dächern hergespült und der Wind sie zusammengeweht, so kauerten sie sich unter den bleigrauen Himmel. Die Natur bestimmte hier alles, sogar die Einstellung der Leute. So einen Zusammenhalt hatte Hofreither zu Hause nie erlebt. Dafür war es in Franken zu gemütlich. Hier unterlag alles ganz eigenen Gesetzen. Storm hatte ihm vorhin noch die Hand auf den Rücken gelegt und ihn mit seinen leuchtenden Augen angesehen. »Ich mag dich. Du mit deinen Möwen. Aber der neue Deich wird trotzdem gebaut, verlass dich drauf, min Jong«, hatte er sicher gelächelt.

Außer Hofreither schien keiner unterwegs zu sein. Nur ein Trecker kam den Landwirtschaftsweg entlanggefahren, der zum Deich führte. Was der wohl hier draußen vorhat?, fragte sich Hofreither. Er zuckte mit den Schultern und beschloss, die Gelegenheit zu nutzen und seine Listen aus der Vogelstation zu holen. Der Trecker bog eben auf den Deichweg ein. Wohin wollte der nur? Hofreither ging vorsichtig mitten durchs Schilf. Die Vogelstation bestand aus zwei niedrigen Holzhäusern, reetgedeckt, inmitten von Flachwasserzonen und Wiesen. Nur der Parkplatz, auf dem Hofreithers Hybridauto stand, störte die vollkommene Idylle. Er schloss die Station auf und suchte seine Listen zusammen. Der Lärm des Treckers näherte sich. Oder kam ihm das nur so vor, weil der Wind gedreht hatte? Hofreither warf einen flüchtigen Blick durch das breite, niedrige Beobachtungsfenster und schrie überrascht auf. »Mein Auto! Nein!« Er hatte sich nicht getäuscht. Der Trecker war ihm bis hierher gefolgt, hatte sich hinter sein Auto gesetzt und war dabei, es ins Wasser zu schieben. »Stopp!«

Schreiend hetzte Hofreither hinaus auf den Parkplatz, aber da war es schon geschehen. Sein Wagen stand im flachen Wasser, ein paar Luftblasen, ein paar Wirbel, der Trecker hatte gedreht und fuhr mit voller Geschwindigkeit über den Kiesweg davon. Das Nummernschild war nicht zu erkennen. Hofreither konnte kaum glauben, was da gerade passiert war. Er ging zurück in die Station, griff sich einen Feldstecher, lehnte sich aus dem Fensterchen und suchte, bis sich das rasende Fahrzeug in sein zitterndes Gesichtsfeld schob. Da war er. Und wer saß da lachend auf dem Sitz? War das nicht Petersen? Hofreither rieb sich die Augen. Dann fischte er sein Handy aus der Tasche.

5

Eine Viertelstunde später standen Storm, Helga und der Polizist Henke auf dem Parkplatz vor der Vogelstation. Hofreither war es heiß geworden, und er hatte die Jacke geöffnet, Helga machte sich klein und vergrub ihre Hände hinter seinem Rücken. Sie sah ihn mitleidig an. Storm stemmte die Arme in die Seiten, und der Polizist untersuchte die Reifenspuren. Alle waren Hofreither sofort zu Hilfe geeilt, und Wölkers wollte auch noch kommen, der hatte einen Abschleppwagen. Trotzdem, Hofreither konnte sich des Eindrucks nicht erwehren, dass allen dreien ein schadenfrohes Lachen in den Augen saß. »Das ist doch furchtbar! Mein Auto!«, beschwerte er sich bei Helga. Sie grinste in die Runde und antwortete: »Na ja, jetzt ist es wirklich ein Hybrid.« Alle lachten.

Henke hatte sich widerwillig überzeugen lassen, zu Petersen zu fahren und ihn zu befragen. Aber auch erst, nachdem Storm ihn beiseitegenommen und ein paar ernste Worte gesagt hatte. So war das hier wohl. Einem Fremden half man als Letztes. Storm war dann mit Wölkers im Abschleppwagen abgefahren. Helga und Hofreither standen allein auf dem Parkplatz, es begann zu nieseln. Helga versteckte ihre Hände in den Ärmeln, ihre Nase war rot, und sie stampfte auf, um wieder Gefühl in die Füße zu bekommen. »So sind sie hier«, schimpfte Hofreither leise. »Stur und bockig und ignorant. So sind die Leute überall, wenn man was von ihnen will. Wenn sie was ändern sollen. Wenn sie Verantwortung –«

Helga unterbrach ihn. »Du bist zu gut für diese Welt. Du hast deinen Platz noch nicht gefunden. Aber solche braucht es auch.«

Er sah sie an, aber ein Lächeln brachte er doch noch nicht zustande. Da nahm sie seine Hand und zog ihn zum Vogelhaus. Rückwärts stieß sie die Tür auf und zog ihn mit sich. Er drängte sich an sie, und auf einmal war ihm alles andere egal. Sollten sie ihn doch verspotten und ihm das Leben schwer machen. Er würde es ihnen zeigen. Impulsiv legte er seine Hände an Helgas Kragen und zerrte ihn auf, so weit es ging. Sie sah ihn wild an. Er vergrub seinen Kopf an ihrer Brust.

6

»Es ist gekommen, wie mein Vater gesagt hat.« Helga zuckte mit den Schultern. Sie wandte sich ab.

Hofreither wollte nach ihr greifen, aber sie machte einen Schritt zum Fenster hin. Es schneite. Das erste Mal so richtig. Weihnachtswetter.

»Du bist so kühl? Hast du was?«, fragte er sie. Und, als keine Antwort kam: »Hab ich was falsch gemacht?«

»Das ist unser Naturell, wir sind so kühl, wir Norddeutschen«, sagte Helga. Sie sah ihn nicht an dabei. Storm war draußen, wo schon die riesigen Bagger warteten, wo die fremden Autos parkten und Leute durchs Schilf trampelten, um alles für den Baubeginn zu vermessen.

»Willst du dich nicht mit meinem Vater aussprechen vor der Heiligen Nacht?«, fragte sie mit schmalen Lippen.

Sofort kochte es in Hofreither wieder hoch. »Aussprechen? Ich? Wer hat denn den Stadtrat dazu gebracht? Wölkers und dein Vater. Und wie sie die Genehmigung bekommen haben, das will ich mir gar nicht vorstellen. Das ist doch nie und nimmer mit rechten Dingen zugegangen!«

»So ist das hier eben!«, rief Helga. Wenigstens drehte sie sich jetzt zu ihm um.

»Sie hoffen, dass sie uns vor vollendete Tatsachen stellen können. Bei der Ortsumgehung in Benserseil haben sie das Gleiche versucht! Einen gebauten Deich reißt keiner wieder ein. Aber die Nistplätze, die – «

»Ich will keine so hässliche Heilige Nacht. Redet miteinander. Ich bitte dich. Lass doch ... gottverdammmich ... lass doch die Vögel! Ich bin da! Denk an mich! Denk an uns!«, bat Helga. Aber Hofreither entgegnete bitter: »Dich kann man nicht haben. Dich kann man nur haben, wenn man gleich deinen Vater, die Großbauern und den Deich mitheiratet.« Wütend stürmte er hinaus.

7

Eine Woche vor Heiligabend war doch tatsächlich wieder ein vorläufiger Frieden im Hause Storm eingekehrt. Der Bürgermeister hatte Hofreither eingeladen, den vierten Adventssonntag bei ihnen zu Hause zu feiern. Per SMS zwar, aber freundlich-väterlich. Hofreither hatte zugesagt. Die letzten zwei Tage hatten Helga und er sich kaum gesehen. Nur zum Reden. Aber das waren seltsame Gespräche gewesen: ein wortkarger Franke und ein kühles nordisches Gewächs, die sich anschwiegen. Hofreither hatte in diesen Augenblicken der Entfremdung umso mehr gespürt, wie sehr er Helga vermisste. Und liebte. Am Nachmittag ging er also hinüber zu Storms Hof. Es war fast mild, und er hatte sich nur den Pullover übergezogen, den Helga ihm geschenkt hatte, als sie sich gerade kennengelernt und einen Ausflug nach Emden gemacht hatten. Als er in die Stube trat, sprang Helga sofort auf und fiel ihm um den Hals. »Wie schön, dass du gekommen bist!«, rief sie. Storm kam herein, als er ihn hörte. Er hatte das Handy am Ohr, trat zu Hofreither, klopfte ihm auf die Schulter und lächelte entschuldigend, ehe er wieder in seinem Arbeitszimmer verschwand. Hofreither half Helga bei den letzten Handgriffen. Sie wussten nicht so recht, was sie sagen sollten, also fragte er: »Was gibt's denn bei euch Feines an Heiligabend?«

»Na, Würstchen mit Kartoffelsalat«, antwortete Helga.

Hofreither musste lachen. An Festen wie Weihnachten spürte man es umso mehr, wenn man weit, weit von zu Hause weg war. »Keinen Karpfen?«, fragte er mit gespielter Enttäuschung.

Helga lachte und küsste ihn flüchtig auf die Wange. Für mehr Zärtlichkeiten war zu viel zu tun. Sie hörten Storm drüben auf und ab gehen und aufgeregt reden. Aber Hofreither kümmerte sich nicht darum. Er hatte beschlossen, heute allen Zwist beiseitezulassen und Helga den schönsten Advent zu zaubern, den sie sich denken konnte. »Ich habe dir was mitgebracht!«, sagte er.

»Was denn?«

Es knisterte, als Hofreither in seinem Rucksack kramte und eine Tüte echte Nürnberger Elisenlebkuchen hervorholte.

»Oh, die sehen ja mächtig aus!«, rief Helga überrascht. »Jetzt setz dich!«

Hofreither beobachtete sie, während sie den schweren Rumkuchen brachte, den starken friesischen Tee mit Kluntjes servierte und schließlich Grog um Grog einschenkte. Hier war Helga geboren, hier war sie aufgewachsen. Sie gehörte hierher, das spürte Hofreither. Hier schien sie eine andere Helga zu sein, als die, mit der er draußen spazieren ging und über Umweltschutz, Politik oder das Leben in der Großstadt klönte. Sie wirkte so frisch und ganz in dem, was sie tat – wenn Hofreither nicht schon verliebt gewesen wäre, an diesem Abend wäre es sicher passiert. Storm setzte sich kurz zu ihnen, aber ein weiterer Anruf trieb ihn bald wieder hinaus, was ihm eine spitze Bemerkung von Helga einbrachte, die er schlagfertig erwiderte. Hofreither ließ sich sein Staunen nicht anmerken – so einen Ton kannte er von zu Hause nicht. Nie hätte er seinen Vater so anreden dürfen. Man sah, dass Tochter und Vater sich liebten; sie tranken, und Hofreither fühlte sich immer unbefangener. Er erzählte von daheim, wie man das so tut, wenn man weit fort ist, um dem anderen zu zeigen, wer man ist. Später, als er schon reichlich betrunken war, drängte eine Geschichte nach der anderen aus ihm heraus.

Helga sah in ihren Becher und ließ das dunkle Glitzern darin kreisen. Sie musste nicht erzählen. Ihr reichte es, ab und zu in seine leuchtenden Augen zu sehen und zu spüren, wie er endlich einmal locker wurde. Es gefiel ihr, wie dieser manchmal so beherrschte und korrekte Franke plötzlich über sich selbst lachen konnte. Ihm fiel ihr Schweigen auf. Er griff nach ihrem Kinn und hob es sanft an, um in ihre Augen sehen zu können. »Was ist? Hast jetzt du den Blues?«, fragte er etwas ungelenk. Sie versuchte ein Lächeln.

»Wird das was mit uns?«, fragte sie nach einer kleinen Pause.

Er antwortete nicht, aber er sah sie lange an. Er fand sie an diesem Abend so schön, dass es fast wehtat.

»Willst du noch einen Grog?«, unterbrach sie seine Gedanken laut. »Ansonsten würd ich nämlich jetzt ins Bett gehen.« Hofreither sah sie verlegen an. Verlegen, weil er keine Antworten hatte. Nicht auf Helgas Fragen und letztlich auch nicht auf die Fragen in den Versammlungen und Meetings. Er war ein Kämpfer. Er konnte Menschen überzeugen und manchmal bewegen. Aber Antworten hatte er nicht. Gab es die überhaupt?

Storm trat ins Zimmer. Seine roten Backen glühten, und er sah zufrieden aus.

»Also, gute Nacht«, sagte Helga, küsste Hofreither auf die Wange und ließ ihn einfach in der Küche sitzen.

»Ich bringe Sie noch ein Stück, junger Mann. Das Auto ist ja wohl noch nicht wieder so weit. Und hier schlafen«, setzte Storm spöttisch hinzu, als er Hofreithers Blick sah, »hier schlafen – das wird vor Weihnachten nichts, Jong.«

Und so gingen sie schweigend nebeneinander auf der Krone des Deiches. Das Meer zur Rechten. Die paar Lichter des Dorfes zur Linken. Über ihnen ein unfassbar klarer Himmel. Es ging kaum ein Wind.

»Früher«, sagte Storm plötzlich mit rauer Stimme, »hat man hier keinen Deich gebaut, dem man nicht etwas Lebiges beigegeben hat.«

Hofreither blieb stehen. »Etwas Lebiges?«

»Lebendig«, erklärte Storm. »Einen Hund vielleicht oder eine Katze. So wichtig war der Deich, dass man etwas opfern musste, damit er sicher gehalten hat.«

Hofreither sah auf die klaffende Lücke vor ihnen, wo das Vogelschutzgebiet war. Er fühlte das Vertrauen, das Storm ihm schenkte und fasste Mut.

»Das Lebige schützen ... das ist doch der Sinn des Deichs, oder? Alles Lebige. Euch. Und die ganze Natur um euch, von der gerade ihr Bauern doch lebt. Alles. Die Vögel und das Dorf. Ihr müsst den Deich doch nur nach hinten verlegen – um sechshundert Meter nur.«

Storm sah ihn nicht an. Er blickte auf das dunkle Meer hinaus und zog plötzlich die Schultern hoch, als käme ihn eine Angst an.

»Er wird nicht halten«, flüsterte er dann fast, »das musst du verstehen, Jong. Er wird da hinten nicht halten. Hier muss er sein. Die See erlaubt keine Fehler, keine Schwäche.«

»Nein. Hier kann er nicht sein, Storm.« Hofreither nutzte die Vertrautheit. »Hier nicht, das musst du verstehen.«

Es dauerte einen Augenblick, dann erst drehte sich Storm zu ihm um. Erleichtert sah Hofreither, dass er grinste.

»Ich mag dich, Hofreither.« Storm sprach mit voller Stimme. »Du bist der Richtige für Helga, weil du kämpfst. Dich weht es nicht so leicht um. Bist ein junger Stier.«

Hofreither wusste nicht, was er sagen sollte, und sah aufs Meer hinaus. Eine späte Möwe strich einsam über den Strand.

»Aber«, sagte Storm leise, »wenn du hierbleiben willst, Jong, musst du dich für die richtige Seite entscheiden. Slap well.«

Er drehte sich um und ging fort, mit wiegenden, weiten Schritten wie ein Seemann.

Wie schwebend wanderte Hofreither durch die sternklare, windstille Dezembernacht zu seiner Pension. »Kämpfen«, Hofreither dachte nicht ohne Sympathie an den zähen Bauern, »das kannst du haben, Storm.«

8

Bis zum Vierundzwanzigsten sahen sie sich nicht, die Zeit verflog. Er hatte genug zu tun, und Helga war in Oldenburg. Die Neuigkeiten hatte sie von ihrem Vater wahrscheinlich noch gar nicht erfahren. Ein warmes Gefühl in der Brust sagte ihm, dass er sich um Helgas und seine Zukunft keine Sorgen zu machen brauchte. Dann meldete sie sich endlich.

»An Heiligabend geht man den Deich ab«, las Hofreither auf seinem Handy, »das ist so Sitte, bevor die Raunächte kommen. Willst du mit? Bevor es richtig losgeht mit all dem Essen und so?«

Er musste lächeln, als er knapp zurückschrieb. Er hatte das richtige Geschenk für sie, aber das konnte er ihr bei Storms nun wirklich nicht unter den Baum legen. Er steckte sich den gelben Umschlag mit dem Brief vom Gericht in die Brusttasche, polterte die Treppe hinunter und trat hinaus in den Hof der Pension. Zu Hause hätte es in dichten Flocken geschneit, hier wehte es alles in wildem Gestöber durch die Luft, und man hatte gar nicht das Gefühl, dass der Schnee irgendwann auf dem Boden ankam. Aber er fühlte sich trotzdem weihnachtlich und joggte fast den ganzen Weg hinüber zum Deich.

»Sportlich!«, sagte Helga in ihrem trockenen Ton, der trotzdem immer irgendwie auch zärtlich klingen konnte. Sie hakte ihn unter, und sie stiegen auf den Deich. Oben klebte der Wind ihr den schweren, grauen Rock um die schlanken Beine; es sah irgendwie verführerisch aus, dachte er, diese schlanken Beine in den Schnürstiefeln, der weite Pullover über dem Rock, die kecke Mütze. Wie aus der Zeit gefallen, und dabei doch so erotisch im Hier, im Jetzt.

Sie standen eine Zeit lang nebeneinander und sahen auf das weite Watt hinaus.

»Man kann sich immer nicht vorstellen, wie hoch das Wasser steigen kann, wenn die Winterstürme kommen«, sagte Helga nachdenklich. »Wenn das Land trocken fällt, kann man sich das nicht vorstellen, wie schnell das Wasser da sein kann.«

»Es ist eine magische Landschaft«, sagte Hofreither nach einer Weile, »deshalb hält es mich bei euch. Hier, bei diesem niedrigen Himmel voller Wut und Kraft kann man sich vorstellen, wo der Glaube an die nordischen Götter herkommt.«

Sie fasste seine Hand, und sie gingen schweigend. Der heftige Wind wehte Fahnen von Sand und Schnee durch die Luft; es prickelte, wenn sie einen im Gesicht trafen. Helgas Hand war warm und stark in seiner. Eine Möwe stand im Wind. Hofreither zeigte stumm auf sie – das war es, wofür es sich lohnte zu kämpfen. Dass auch seine Kinder solche Bilder noch sehen konnten.

»Ich habe eine Überraschung!«, sagte er.

»Für mich?«, fragte Helga erstaunt. »Jetzt? Es ist erst Vormittag.«

Hofreither griff in die Jackentasche, aber da hörte er verweht den typischen Ton eines schweren Diesels.

»Nanu?«, sagte er halblaut und etwas verwundert. Sie waren kaum vierzig Meter von der Lücke im Deich entfernt, aber der Wind stand halb gegen sie. Er ließ Helgas Hand fahren und lief los. Helga folgte ihm mit ein paar Metern Abstand. Er hob das flatternde Absperrband und ging vor bis an die Abbruchkante. Ja! Tatsächlich. Da unten stand ein Laster mit laufendem Motor, und ein Bagger schob sich quer durch das Röhricht, eine Spur der Verwüstung hinter sich lassend. In fassungsloser Wut wandte er sich an Helga.

»Wieso arbeiten die?«, schrie er. »Das dürfen die gar nicht! Die haben doch …«

Er sprach nicht weiter, als er erkannte, wer da unten auf dem Bagger saß. Es war Storm. Der bemerkte ihn gar nicht. Die Schaufel senkte sich, und neun Tonnen nasser Sand stürzten in die Bresche. Schon drehte der Bagger sich wieder; die Ketten rissen halbmetertiefe Wunden in die Schilfwiesen.

Helga war herangekommen.

»Wieso?«, fragte sie erstaunt wegen seiner Wut. »Bei uns hier ist Heiligabend noch ein Arbeitstag. Hab dich doch nicht so.«

Hofreither riss die Verfügung aus der Jackentasche.

»Das meine ich doch gar nicht«, schrie er, »ich meine doch das hier! Die einstweilige Verfügung! Die hat dein Vater doch auch gekriegt! Die Arbeiten müssen eingestellt werden! Ich hab gewonnen! Das wollte ich dir gerade erzählen! Ich hab gewonnen! Scheiße«, unterbrach er sich, als er nach unten sah, »die machen … die machen das ganze Vogelschutzgebiet kaputt! Die müssen sofort aufhören!«

Er wedelte mit dem gelben Umschlag, aber Storm sah gar nicht hoch. Dafür trat Helga jetzt dicht an ihn heran. Ihre Augen waren blau und kalt.

»Das?«, fragte sie mit gefährlich ruhiger Stimme. »Das war deine Überraschung? Die Verfügung?«

Hofreither stieß sie in hilflosem Zorn ein Stück zurück.

»Lass mich runter! Ich muss die stoppen.«

»Halt«, sagte Helga und hielt ihn an der Jacke fest, »sag mal, spinnst du? Hast du echt geglaubt, dass ich mich … du hast nicht gedacht, dass mich das freut, oder? Das war dein Geschenk?«

Hofreither merkte jetzt, dass sie tatsächlich fassungslos war. Fassungslos und wütend. Auf einmal hatte er das Gefühl, etwas wirklich und unwiderruflich falsch gemacht zu haben, und das machte ihn zornig.

»Natürlich hab ich das gedacht! Das ist das, was du an mir liebst, hast du mal gesagt! Dass ich für etwas kämpfe! Dass ich was mache und nicht nur dabeistehe! Dass ich ...«

»Für das Richtige doch!«, schrie Helga. »Verstehst du das denn nicht?«

Sie riss ihm die Verfügung aus der Hand und hielt sie hoch in den Wind. »Das hier ist falsch! Wieso kannst du das nicht verstehen? Wenn der Deich nicht steht, dann sterben Menschen! So einfach ist das. Und du spielst mit deinen Vögeln rum, und Richter, die noch nie hier draußen waren und noch nie eine Sturmflut erlebt haben, die entscheiden dann gegen den Deich!«

Hofreither drehte sich weg von ihr und winkte hinunter. Endlich sah Storm ihn. Hofreither riss Helga den gelben Umschlag wieder aus der Hand, schwenkte ihn und wies auf den Brief. Er sah, wie der Bagger, der eben wieder mit einer vollen Schaufel ankam, langsamer wurde, aber dann schüttelte Storm den Kopf, deutete auf die Bresche und fuhr wieder an.

»Nein!«, schrie Hofreither jetzt. »So nicht!« Er wandte sich zu Helga um.

»Sag du's ihm! Er macht sich strafbar! Sag ihm, er soll aufhören!«

Er griff sie an der Jacke, wollte sie schütteln, damit sie verstand, aber sie schlug seine Hände hoch. Der Brief fiel zu Boden.

»Nein!«, schrie sie. »Nein! *Du* hörst auf!«

Er taumelte überrascht zurück. »Nie!«, schrie er, strauchelte und fiel über die Kante. Er stürzte den fast senkrechten Sand nach unten in die Bresche; es gab nichts, woran er sich festhalten konnte. Er prallte mit dem Rücken zuerst auf, härter als er gedacht hatte; für ein paar Sekunden konnte er nicht atmen. Der Bagger rollte heran, die Schaufel hoch erhoben, und Hofreither merkte, dass Storm ihn nicht sehen konnte. Er wollte schreien, aber noch immer fehlte ihm die Luft. Verzweifelt sah er nach oben zur Abbruchkante, wo Helga stand. Bewegungslos stand. Und dann senkte sich die Schaufel, und neun Tonnen Sand trafen ihn wie eine ungeheure, nasse Faust.

Als Storm mit dem Bagger zurücksetzte, sah er, dass Helga alleine oben stand. Als ihre Blicke sich trafen, ließ sie den Umschlag los, und er wurde vom aufkommenden Sturm fortgetragen; wirbelte ins Nichts wie eine Möwe, die den Kampf aufgegeben hat. Da verstand Storm.

Oben lehnte sich Helga in den Wind. In sich spürte sie so etwas wie eine winzige Bewegung.

Ein Sohn, dachte sie, es wird ein Sohn.

Und als sie sich umdrehte und im Sturm zurück ins Dorf ging, dachte sie: Dieser Deich wird halten, bis er groß ist. Bis er der neue Deichgraf ist, wird er halten.

Tessa Korber

Weihnachts-Erlebnis

Die Limousine hielt am Ortseingang; heraus stieg ein Mann im Anzug. Aus dem blauen Baucontainer neben der Tankstelle kam ihm ein anderer, jüngerer Mann entgegen, der eine Strickmütze mit Ohrenklappen trug, deren Troddeln ihm bis auf die Brust hingen. Seltsam, denn es war August.

»Sie müssen sich das im Winter denken«, sagte der Mützenträger, der sich als Walter Kopitsch vorstellte, der Initiator des Projektes. Er wischte sich den Schweiß von der Stirn und lachte. Seine Armbewegung umfasste das ganze stille Dorf, das vor ihnen lag. »Fränkische Bauernhäuser mit Schneemützen, in den Gärten weiße Tannen, alle Wege verschneit. Wir werden mit Kunstschnee dafür sorgen, dass die Atmo auf jeden Fall stimmt. Dazu Lichter in allen Fenstern, Weihnachtssterne, wie dort vorne, sehen Sie? Es gibt nichts Stimmungsvolleres als ein hell erleuchtetes Dorf in einer Winternacht, finden Sie nicht auch, Herr Doktor Schuster?«

Als hätte ihn die lange Rede doch etwas angestrengt, nahm er seine wollene Kopfbedeckung ab und stopfte sie ins Außenfach seiner Tasche, aus der er stattdessen ein iPad hervorzauberte, ehe er fortfuhr.

»Aus der Dorfkirche wird Orgelmusik erklingen, per Lautsprecher übertragen.« Er hatte sein iPad hochgefahren und drückte auf Play. Die ersten Akkorde ließen *Stille Nacht* erkennen.

Der andere, Schuster, schaute die Straße entlang. Wie lange stand das Dorf jetzt schon leer? Vier Jahre? Fünf? Ob da etwas zu holen war?

Laub lag auf der Straße, vorjährig und vermodert, dazu Pappbecher, die der Wind vor sich hergetrieben hatte. Im Rinnstein die Scherben von Flaschen, dort, wo Jugendliche sich im Schutz der Nacht hergewagt hatten, um zu trinken und das Leben zu spüren. Es hatte nie aufgehört, ein heimlicher Magnet zu sein, das tote Dorf, das verfluchte.

Jetzt ließ die Augustsonne die Scherben glitzern. Die Preistafel der Tankstelle war leer, Hopfen rankte sich daran empor. Zwischen den Zapfsäulen wuchs Wiesenschaumkraut. Überall war Löwenzahn durch den brüchigen Asphalt gebrochen; er schickte seine Schirme in alle Gärten, die mit einer verstörenden Wildheit wucherten.

Grell blühten die Rosen, schrill leuchteten die Klematis; die gelben Polster des Steinkrautes breiteten sich aus bis auf die Gehsteige, die langsam von den Wurzeln angehoben wurden. Die Brennnesseln in den Garageneinfahrten wurden zu Wäldern. Moos und Farne hatten sich ins Innere der Autos gesät, die am Straßenrand zurückgeblieben waren, verdeckten die Pedale, füllten die Ablagen und strichen über den brüchig gewordenen Kunststoff der Kopfstützen.

Kopitsch, der seinem Blick gefolgt war, beeilte sich zu erklären, dass sie auf der Nordseite des Dorfes mit den Renovierungen angefangen hätten, weil da der erste Tatort lag. Er forderte Schuster auf, ihm dorthin zu folgen.

Schuster steckte sich im Gehen eine Zigarette an. Er hatte als Immobilienmakler angefangen; automatisch schätzte er den Renovierungsbedarf. »Kleinod für Bastler«, mehr war aus dem alten Gasthof da vorne nicht mehr zu machen. Zu viele Nebengebäude. Schade um die alte Toreinfahrt weiter hinten. Er sah eine Eidechse zwischen seinen Lederschuhen hindurchhuschen und flüchten.

»Wir werden alle Vorgärten herrichten und schmücken«, erläuterte Kopitsch auf ihrem Gang. »Ganz authentisch; es gibt ja viele Fotos aus der Zeit, nicht nur in den Zeitungsarchiven. Die da vorne zum Beispiel, in Nummer 9, sehen Sie? Die hatten tatsächlich diese Gruppe aus Rentieren, Engeln und Schlitten, in vierfarbigem LED.« Sie hielten inne, um das Machwerk zu bestaunen, das in der grellen Sonne noch deplatzierter wirkte. Als er das nachdenkliche Gesicht Schusters sah, fügte er rasch hinzu: »Vielleicht nehmen wir da etwas Dezenteres.«

»Da vorne fing es an?« Doktor Schuster wies mit der Zigarette auf die Nummer 20. Handgetöpfert die Zahl, darunter eine lachende Schnecke und der Namenszug der Bewohner. Sie traten näher. An der Tür hing ein Mistelzweig mit roter Schleife.

»Ja, ja, ganz genau«, beeilte Walter Kopitsch sich zu erwidern. Hastig tippte er etwas ein, während er hinter dem anderen herging. Eine rostige Dose rollte zur Seite. Dann plötzlich hörte man eine menschliche Stimme, gedämpft, wie aus dem Inneren des Hauses. Eine Frau schrie Unverständliches, dazwischen erklang, wie ein hysterisches Mantra, die Stimme des Mannes: »Halt's Maul! Halt's Maul! Halt's Maul!« Unwillkürlich fürchtete man, dass er gleich die Beherrschung verlieren würde. Auch Schuster blieb betroffen stehen.

Kopitsch lächelte. Es wirkte also. »Bewegungsmelder«, verkündete er stolz. »Sie schalten die Audiodateien ein, sobald sich jemand dem Haus nähert. Die Aufnahmen entsprechen dem, was in der Nacht vorging, damals, jedenfalls soweit die Polizei das rekonstruieren konnte.«

»Wirkt echt«, musste Schuster zugeben. Klang wie seine eigenen Eltern, dachte er. Was er nicht sagte. Die ewigen

Weihnachtsstreitereien hatte er hinter sich gelassen, zusammen mit der engen Vorstadtwohnung und den Geldsorgen. Sein Personal stritt nicht mit ihm.

»Ja, ja, das kennt man.« Kopitsch grinste. »So vertraut wie die Klänge von *Last Christmas* im Radio.«

Schuster zuckte ertappt zusammen, doch ein Seitenblick verriet ihm, dass Kopitsch nicht ihn im Besonderen meinte. Der fuhr fort: »Was glauben Sie, wie es bei mir in der Südstadt zugeht? Und auf dem Land ist es nicht anders, wie man hier sieht. Dieses Dorf ist der absolute Beweis dafür, dass Weihnachten nicht nur das Fest der Liebe ist, sondern auch der statistische Höhepunkt der häuslichen Gewalt, der Ehestreitereien und Familientragödien. Die Suizide nicht zu vergessen. Wir zeigen den Leuten hier, was sie wissen, aber nicht auszusprechen wagen, Herr Doktor Schuster. Und wir führen sie der Katharsis zu, wenn ich es wagen darf, das Wort zu verwenden. Denn wer das hier erlebt hat, der brüllt zu Hause nicht mehr. Der ist gereinigt. Das ist meine Idee.«

Schuster nickte, zum ersten Mal beeindruckt.

Sie standen jetzt direkt vor der Haustür von Nummer 20, hinter der der Ehestreit sich ungebremst fortzusetzen schien. »Hier helfen dann Text-Bild-Tafeln weiter, sehen Sie? Wer will, kann Zusatzinfos über das Handy abrufen. Alles, was es zu wissen gibt: Fotos der ehemaligen Bewohner, Original-Tatort-Aufnahmen, Videos von Zeugenaussagen, das volle Programm.«

Schuster überflog die Tafel. Er bemerkte jetzt auch die Weihnachtssterne in den Fenstern, aus Goldpapier gefaltet, darunter die Zwetschgenmännla, leicht verstaubt, Er mit Pfeife, Sie mit dem Korb am Arm. Zweifellos genau wie auf den Tatortfotos.

Sein Begleiter wandte dem Haus bereits wieder den Rücken zu. Mit großer Geste umfasste er das Dorf. »Wir werden das mit allen Häusern so machen und den Weg, unseren *Memorial Path*, durch Nummerierung kennzeichnen; Führungen wird es ebenfalls geben. Wir versuchen, den Egersdörfer dafür zu gewinnen, weil der ja schon im *Tatort* ...«

Sein Gast hörte nicht zu, er drückte auf die Klinke, die nachgab, und setzte zögernd seinen Fuß auf die Schwelle.

»Nur herein in die gute Stube.« Kopitsch frohlockte. Genau in diesem Haus war schon alles, wie es sein sollte. Er beeilte sich hinterherzukommen. Zufrieden stellte er fest, dass Schuster abrupt stoppte, nachdem er ins Wohnzimmer getreten war. Er musste lächeln. Großartig, genauso sollte es sein: atemberaubend.

Leise, um den guten Eindruck nicht zu stören, sagte er: »Sie sehen: Alles so, als hätte man hier bis eben noch gelebt, was ja auch«, er hüstelte, »im Grunde bis zum Ende der Fall war. Und unseren kleinen Arbeitsstillstand werden wir ja mit Ihrer Hilfe bald überbrückt haben. Vielleicht ...«, fügte er rasch hinzu und hüstelte noch einmal, »ist es im Grunde sogar besser so, ich meine, dass mehr Zeit vergangen ist, Gras über die Sache gewachsen ist und so. Die Leute waren damals einfach nicht reif für meine Idee. Aber heute ist das ja alles history.«

Schuster schaute sich um. Sein Begleiter hatte nicht zu viel versprochen. Man kam sich vor, als wäre man eben in ein trautes Heim eingedrungen und die Bewohner hätten nur gerade im Nebenraum zu tun. Sogar der Fernseher lief, allerdings im Stumm-Modus. Man sah einen Kinderchor vor Weihnachtsbäumen. Eine geschminkte Frau im Dirndl sang mit. Die Teller eines Abendessens standen auf dem Tisch, Kartoffelsalat und Wiener, zwei waren übrig. Allerdings lag die Salatschüssel zerschmettert auf dem Boden. Und vor dem Fernsehsessel gab es eine dunkle Pfütze. Vorsichtig, auf seine teuren Lederschuhe bedacht, trat Schuster näher. »Ist das ...?«

»Blut und Bier«, bestätigte Koptisch, »wo sie ihm die Flasche über den Kopf gezogen hat. Wir werden das im Dauerbetrieb später ständig auffrischen. Mit Theaterblut und echtem Bier.« Er lachte. »Wir gehen sogar so weit, dafür die Vorräte aus der örtlichen Kleinbrauerei herzunehmen.« Als sein Gegenüber nicht mitlachte, wurde er ernst. »Dafür und für das Funktionieren der Videos und so weiter sind die Houseguards zuständig. Jeder hat vier Häuser zu betreuen und umfassende Checklists.« Endlich ein Nicken seines Gegenübers. Ein harter Brocken war das, dieser Doktor Schuster. Aber was hatte er erwartet? Der Kerl hatte sein Geld nicht durch Nettsein erworben. Mit erhobenem Kinn schaute er ihn an, sicher, jede Frage beantworten zu können. Das Konzept seines Erlebnisparks war perfekt. Er hatte jahrelang darüber gebrütet.

»Die Frau floh dann zu ihren Eltern, richtig?«

»Jawoll!« Immer bestätigen, immer ein Ja, sagte er sich. Ein Ja führte zum nächsten, bis zu dem Ja, das ihm die fehlenden Millionen für die endgültige Finanzierung seines Traums einbringen würde. »Sie rannte in die Nummer 21, gleich dort vorne bei der Gastwirtschaft, man kann es vom Fenster aus sehen.« Er wollte Schuster zum Fenster lotsen, doch der war bereits auf dem Weg zur Tür, um direkt hinüberzugehen.

Das hätte er voraussehen müssen. Mit einem stummen Fluch lief er hinterher. Rasch suchte er im Verzeichnis die passende Tondatei für Nummer 21. Da war sie: Vorwürfe, Fragen, das Piepsen der Wähltasten, die erregte Stimme der Frau, diesmal deutlich: »Polizei? Polizei? Ich glaube, ich habe meinen Mann umgebracht.«

Der Anblick dieses Wohnzimmers ließ beide innehalten. Wie durch ein Wunder stand der Weihnachtsbaum noch, lilafarbene Kerzen und silberne, glitzernde Eiszapfen, die fröstelnd mit den Trümmern der weißen Schleiflackmöbel korrespondierten. Der Rest der Szenerie war versunken im Chaos.

»Von hier ging der erste Notruf ein«, sagte Kopitsch, ein wenig außer Atem. »Frau Stölzner ging davon aus, dass sie ihren Mann, Herrn Stölzner, mit der Bierflasche tödlich verletzt hatte, und flüchtete sich zu ihren Eltern, den Vitzthums, wo auch der Bruder mit seiner Familie zur Bescherung weilte. Sie hießen, äh ...«, rasch blätterte er in den Dateien, »Agnes und Werner Vitzthum, genau. Frau Stölzner geriet mit der Schwägerin Agnes in Streit, die ihr heftige Vorwürfe machte. Der alte Vitzthum verließ daraufhin die diskutierende Familie, um sich im Wirtshaus nebenan Rat und Stärkung zu holen. Auch der Bruder musste los; er hatte Dienst bei der Freiwilligen Feuerwehr. Deshalb waren die drei Frauen mit den Kindern allein, als der tot geglaubte Stölzner plötzlich auftauchte.«

»Mit der Axt«, murmelte Schuster.

»Mit der Axt«, bestätigte Kopitsch. »Blutüberströmt. Und mit wirklich schlechter Laune.«

Die Spuren waren an den Möbeln unschwer zu erkennen. Auch das Blut sprach Bände. Hier waren es nicht nur einige Flecken und Lachen, sondern ganze Wolken von Spritzern an den Wänden. Schmierflecke liefen über die Flächen und zogen Striemen über den Boden.

Kopitsch ging daran, die Spuren für seinen Gast zu deuten. »Die Schwägerin erwischte es im Korridor, die Mutter auf der Treppe. Wie es aussah, hat sie versucht, ihm den Zugang zum ersten Stock zu verwehren, wohin ihre Tochter und die vier Enkel sich geflüchtet hatten. Den Spuren nach wollte sie wohl ...«

Er verstummte, schenkte es sich, zu berichten, was er von der Polizei erfahren hatte: dass die sterbende Frau an den Beinen des Amokläufers förmlich gehangen zu haben schien, der sie mitschleifte, von Stufe zu Stufe, und dabei immer wieder auf sie einhackte, bis von ihrem Gesicht und Kopf fast nichts mehr übrig war. Sie hatte nicht losgelassen. Als man seine Leiche untersuchte, fand man in seiner Wade blutige Riefen und ein Stück ihres Fingernagels.

Eine tolle Szene, dachte Kopitsch, eines Thrillers würdig, aber bei dem Versuch, sie medial darzustellen, hatte er kapituliert. Vielleicht, überlegte er, während er seinem Gast die Stufen hinauf folgte, sollte er es doch noch einmal versuchen, nachgestellt von Schauspielern, mit einer wirklich guten Maskenbildnerin, so einer, wie sie sie für *The Walking Dead* hatten? Er kam nicht dazu, lange nachzudenken, Schuster schritt schnell voran. Kopitsch ging fast die Luft aus bei dem Versuch, ihm zu folgen, ohne auf die Theaterblut-Lachen zu treten.

»Wir ... haben ... die Lage ... der ... Leichen ... mit ... Kreide ... markiert.« Endlich war er oben und atmete durch. »Damit es aussieht wie in den Krimis nach der polizeilichen Untersuchung, sehen Sie? Da sind auch die weißen Schildchen mit den Nummern, die anzeigen, dass dort eine Spur oder ein Beweisobjekt liegt.« Er wies auf ein Plastikschild mit der Nummer 89, das neben der Nachbildung eines abgehackten Fingers lag.

»Die gelben Markierungen nutzt die Spurensicherung für den Größenvergleich, deshalb die Maßeinheiten. Es ist nicht ganz so wie an echten Tatorten, aber wir dachten, wir orientieren uns an den Sehgewohnheiten der Leute.«

Auch Schuster atmete jetzt lauter. Ein gutes Zeichen.

»Heavy, oder?«, fragte Kopitsch. Ihre Blicke glitten über den einzelnen kleinen Lackschuh, der verwaist auf dem Teppich lag. Und über die blutverschmierte Bettdecke mit den Einhörnern. »Na ja, wir bringen unten an der Treppe einen Hinweis an, dass der obere Stock erst ab 18 zu empfehlen ist. Für Kinder gibt's übrigens ein Spielprogramm auf dem Weihnachtsmarkt, da, wo alles für das Glühweintrinken nach der Mitternachtsmette aufgebaut war. Zu der kam es damals ja gar nicht mehr, weil da keiner mehr am Leben war. Da ist es egal, wenn wir dort ein bisschen von der Realität abweichen: Kinderpunsch, Lebkuchenherzen, eine Hüpfburg vielleicht, ein Karussell auf jeden Fall, eins von den altmodischen mit weißen Pferden und goldenen Hirschen. Und für die etwas Älteren ein lustiger Egoshooter mit bösen Engelchen, die Weihnachtsgeschenke klauen. Das können wir uns alles am Schluss ansehen.«

»Und das Gasthaus?«, fragte Schuster.

»Jaha, das Gasthaus«, erwiderte Kopitsch. »Ich sehe, Sie haben Ihre Hausaufgaben gemacht, Herr Doktor.«

Das mit dem Gasthaus war nicht einfach zu erklären. Die Polizei hatte hier die meiste Mühe gehabt, zu begreifen, was geschehen war und wie es so hatte eskalieren können. Es lag wohl daran, dass der alte Vitzthum dort in der Wirtsstube, die an Weihnachten traditionell geöffnet hatte, um den verlorenen Seelen und Einsamen unter den Bauern eine Heimstatt zu bieten, den Vater und Bruder seines vermeintlich erschlagenen Schwiegersohnes Stölzner getroffen hatte. Der Groll zwischen den Stölzners und den Vitzthums war alt, und das lag nicht an der Art, wie seine Tochter von ihrem Mann behandelt wurde; was konnte man von so einem schon erwarten? Der alte Vitzthum hatte es ihr gleich gesagt und gedroht, sie brauche nimmer heimzukommen.

Nein, es hing damit zusammen, dass der alte Vitzthum und seine Brüder zwar dieselbe Mutter hatten, aber wohl nicht denselben Vater. Ihre Gesichter sprachen Bände, und das ganze Dorf hatte immer schon etwas geahnt. Aber als Erster laut darüber geredet hatte der alte Stölzner. Und auch noch behauptet, niemand anders als er selbst sei der leibliche Vater von Vitzthums älterem Bruder Andreas gewesen. Der Andreas hatte sich irgendwann in der Scheune aufgehängt, weil seine Mutter eine Hure war oder aus anderen Gründen, darüber wurde der Dorfklatsch sich nie einig. Aber dass der alte Stölzner sein Maul immer noch nicht halten konnte, das hatte man daran gemerkt, dass er sogar bei der Hochzeit ihrer Kinder hatte herumposaunen müssen, es bleibe ja sozusagen alles in der Familie. Die Hochzeit hatte der alte Vitzthum damals nicht mit einer Prügelei stören mögen. Aber an jenem Abend war er so weit.

Es konnte nicht mehr geklärt werden, wer was gesagt und wer angefangen hatte. Vielleicht war alles auch ganz anders gewesen und Schuld hatte der Besitzer des Gasthofes, der ein alter Sonderling war, nie geheiratet und nie sein Dorf verlassen hatte. Er war zunehmend verblödet und dabei im selben Maß streitlustig geworden. Keine gute Mischung. Sie hatte schon des Öfteren dazu geführt, dass es zwischen ihm und seinen Gästen zu Handgreiflichkeiten gekommen war. In der Vergangenheit war alles glimpflich abgelaufen, und man verzieh ihm, weil er dazugehörte. Und weil er der einzige Wirt im Dorf war. Aber alles hatte einmal ein Ende. Gut möglich, dass ein böses Wort von ihm die Sache erst so richtig zum Kochen gebracht hatte. Möglich auch, dass er selbst es war, der das Feuer legte. Angedroht, den Höllenpfuhl des Dorfes abzufackeln, hatte er ja mehr als einmal in seinen einsamen Reden.

»So oder so oder beides«, meinte Kopitsch am Ende seiner Erklärungen. »Jedenfalls stand der Gasthof gegen elf Uhr nachts in Flammen, und so, wie es dann lief mit der Rettung, überlebte keiner von denen, die drinnen saßen. Gehen wir doch ein paar Schritte hinüber. Da haben wir ein kleines Wunder bewirkt, Sie werden sehen. Er war natürlich abgebrannt bis fast auf die Grundmauern.«

Nun stand er wieder, das war unübersehbar. Wieder sprang ein Band an und gab tiefe Eindrücke von den Auseinandersetzungen, die in der Wirtsstube stattgefunden hatten. Und von der Farbigkeit der fränkischen Flüche.

»Zuerst haben wir überlegt, ob wir mit lebenden Darstellern eine Kneipenschlägerei inszenieren, als kleine Auflockerung, so à la Bud Spencer, Sie wissen schon, die Leute lieben so etwas. Aber angesichts des Ausgangs ... wie auch immer«, fuhr Kopitsch rasch fort, als er das Stirnrunzeln seines Gastes bemerkte, »die Hauptattraktion wird jedenfalls sein, dass wir das Feuer nachstellen. Mit Flammen, Hitze, Rauch und allem, was dazugehört. Bis zu einem gewissen Punkt. Und trotzdem wird das Haus stehen bleiben. Wir können unseren Flammenzauber bis zu viermal am Tag wiederholen und arbeiten daran, es noch öfter zu schaffen. Wie ich sagte: ein Wunder. Unser Pyrotechniker kann Ihnen erklären, wie genau es funktioniert. Wenn Sie möchten.«

Schuster winkte ab. Kopitsch schluckte, er hatte sich viel von dem technischen Vortrag versprochen. Doch er beschloss, es als Vertrauensbeweis zu werten. Positives Denken war wichtig.

Jetzt waren Bohrmaschinen, dann laute Rufe aus der Kirche zu hören. »Noch eine Audiodatei?«, fragte Schuster.

»Meine Arbeiter. Im alten Schlösschen wird so etwas wie eine Inhouse-Geisterbahn installiert. Die Toten treten noch einmal auf, vermischt mit Gruselgestalten aus alten Dorfsagen und der Geschichte des Ortes. Sogar lehrreich, wenn man möchte, aber vor allem cool.«

»Sie haben an alle Zielgruppen gedacht.«

Das Lob ließ Walter Kopitsch aufatmen. »Wie gesagt, das Schlösschen ist neutraler Boden, hier geschah nichts, ähnlich wie auf dem Weihnachtsmarkt und draußen an der Tankstelle, aus der wir den Imbiss machen werden, zur Abwechslung mal ohne Weihnachten, das braucht man zum Ausklang, finde ich. Aber das alte Wasserschloss ist natürlich toll, echt barock und so. Sie glauben nicht, was wir für Ärger mit dem Denkmalschutz hatten.«

Der ehemalige Immobilienmakler Schuster schnaubte zustimmend. Das kannte er. Kannte es zur Genüge. Er befand sich auf vertrautem Boden. »Aber mit den Häusern geht alles klar?«, fragte er.

Kopitsch nickte. »Da verändern wir ja nirgends die Bausubstanz.«

»Auch die Besitzverhältnisse sind geklärt? Keine marodierenden Erben, die ein Stück vom Kuchen abhaben wollen?«

»Es ist erstaunlich, wie wenig Probleme das gemacht hat«, sagte Kopitsch. »Na ja, die meisten Kinder sind ja mitgestorben, alle eigentlich, bis auf ein paar Größere, die weggezogen waren. Aber die Leute aus diesem Dorf zogen wohl nicht gerne weg, alles in allem, und wer eine Zeit fort war, ist meist wiedergekommen. Es war vorher schon ein gottverlassener Flecken, keine Neubaugebiete, keine Gewerbeflächen. Nur das da.«

Sie schlenderten die Hauptstraße entlang, aus der das Dorf im Wesentlichen bestand. Man bemerkte ein, zwei Gewerbeschilder, die auf eine Bäckerei hinwiesen, eine Metzgerei, einen Schmied. Alle alt, aus den Siebzigerjahren vielleicht. Und die dazugehörigen Schaufenster waren mit vernachlässigten Blumentöpfen geschmückt, was noch trauriger aussah, als wenn sie leer gewesen wären.

»Die meisten Einwohner waren alt, alles in allem nur fünf junge Familien, von denen zwei an dem Abend im Urlaub waren, die haben also überlebt, aber die wollten gar nicht mehr zurück. Kann man ihnen nicht verdenken, hier ist ja nichts mehr.« Kopitsch wandte sich seinem Gast zu. »Glauben Sie mir, die waren froh über ein Gebot für ihre unverkäuflichen Häuser. Ein Schnäppchen für uns.« Er musste lächeln, wenn er daran dachte, dass das wohl auch für Schuster eine gute Gelegenheit gewesen wäre. Hatte der sein Geld nicht genau so gemacht: billig aufkaufen, was kein anderer anfassen wollte, und es dann in Gold verwandeln? Als er in der Zeitung gelesen hatte, dass Schuster für die Nürnberger Zeppelintribüne geboten hatte, um dort einen Luxus-Saunaclub einzurichten, wusste er, dass das sein Mann war.

»Um noch mal auf die Wirtschaft zurückzukommen.« Schuster fingerte nach einer neuen Zigarette. Walter Kopitsch beeilte sich, ein Feuerzeug zu finden. Sie hielten unter einer alten Linde an einem Bachlauf, in dem die Schatten von Forellen huschten. Das Leben ging weiter. Von den Häusern jenseits des Bächleins erklangen Sägen, Hämmern und Radiomusik. Dort waren die Bautrupps des Erlebnisparks noch an der Arbeit. Wenn alles gut ging, würden sie nach dem heutigen Tag das nötige Bargeld bekommen, um in großem Stil weiterzumachen. Die Männer rauchten jetzt beide. Ihnen gegenüber stand der Dorfbrunnen, bereits mit

176

künstlichen Tannenzweigen geschmückt. Ein Osterbrunnen würde er nie mehr werden.

»Weil Sie vorhin andeuteten, dass die Rettung schieflief: Nach meinen Informationen unternahm die Feuerwehr gar keine Löschversuche.«

»Sie haben sich gut vorbereitet, Herr Doktor.« Kopitsch nahm einen energischen Zug. »Das ist richtig. Es hängt damit zusammen, dass der Sohn vom Vitzthum am Telefon war, als das Feuer gemeldet wurde, und dass ausgerechnet der Sohn vom Stölzner es meldete, verstehen Sie? Wie die beiden Familien zueinander standen, das hatten wir ja schon. Der Stölzner hat auch dummerweise so was gesagt wie: ›Du Arsch, dein Vater fackelt hier alles ab.‹ Das hat der Vitzthum dann nicht ernst genommen. Sie waren eh nur zu zweit auf der Station in der Nacht.«

»Ach, aber ich dachte, ausgerückt wären sie dann doch. Und bei einem Unfall gestorben.«

»Ja, ja, das mit dem Unfall stimmt schon. Aber es ist komplizierter. Kurz nach dem Stölzner junior rief noch jemand bei der Feuerwehr an, von einem Handy aus. Die Polizei hat eine Weile gebraucht, um seine Identität ausfindig zu machen. Jemand von auswärts, ein Teenager, der sich einen schlechten Scherz erlaubte. Ein Bauer aus dem Ort hier hatte ihn angezeigt, weil er ihn gesehen hatte, wie er den Zigarettenautomaten aufzubrechen versuchte. Alles Lappalien. Aber er wollte den Bauern ärgern und ihm an Heiligabend die Feuerwehr auf den Hals schicken, stellte sich das wohl lustig vor. Auf dem Weg dorthin sind die Feuerwehrler dann mit dem Trecker vom alten Arno zusammengekracht. Der fuhr immer damit rum, obwohl er gar keinen Acker mehr hatte. War dement, das wusste jeder. Aber keiner wollte es ihm verbieten, es war ja alles, was er noch hatte.«

»Tragisch«, murmelte Schuster, »vor allem, wenn man bedenkt, dass sie dabei in die Menge vor dem brennenden Gasthaus krachten.«

»Ja«, sagte Kopitsch. »So dumm kann's kommen.« Sie schwiegen eine Weile in memoriam. »Aber was sind die Leute auch so sensationslüstern«, sagte er dann und zwinkerte seinem Gegenüber zu. Schuster und er, sie würden aus dieser Lüsternheit etwas zu machen wissen mit ihrem Park.

»Tragisch war die Sache aber auch, weil an dem Abend noch zwei weitere Notrufe eingingen, die dann keiner mehr hörte. Ich spiele Ihnen mal rasch unsere Version vor.« Er warf seine aufgerauchte Zigarette fort, lehnte sich an die Linde und suchte die Dateien.

»Wir sind vom Original abgewichen und haben es ein bisschen aufgebauscht«, gab er zu, »als kleinen Ausgleich dafür, dass wir das mit dem Feuerwehrauto auf keine Weise nachstellen können. Das überfordert uns dramaturgisch. Aber in der Feuerwache, da haben wir die ganze Verzweiflung inszeniert: leere Räume, und aus dem Funk die verzweifelten Stimmen von Kindern, die um Hilfe flehen. Und keiner kommt, sie zu retten. Ich gebe zu, wir sind da über das hinausgegangen, was die Originalbänder hergaben.« Er hob entschuldigend die Hände. »Jede Geschichte braucht eine gute Dramaturgie.« Er drückte den Startbutton und ließ an dem lauschigen Platz die völlig verängstigten Kinderstimmen erklingen. Sie mischten sich mit dem leichten Rascheln der Linde und dem Plätschern des Baches.

Schuster lauschte mit schräg geneigtem Kopf. Ein Junge schluchzte, seine Schwester tröstete ihn. Sie mochte sechs sein. »Der eine war, glaub ich, von der Familie des Pfarrers?«

»Ja«, bestätigte Kopitsch. »Der Pfarrer war noch im Nachbarort. Er musste ja drei Gemeinden versorgen. An hohen Feiertagen artet so was schnell in Hektik aus. Die Frau war zum brennenden Gasthaus gelaufen, um zu helfen. Und bei ihr daheim fing dann der vergessene Weihnachtsbaum Feuer. Die große Schwester rief noch bei der Polizei an. Warum sie nicht aus dem Haus gingen, danach, weiß keiner. Vielleicht, weil kein Erwachsener bei ihnen war. Vielleicht hat ihnen auch der Tumult vom Wirtshaus her Angst gemacht. Die beiden sind dann erstickt. So kann's gehen, wenn man immer an die anderen denkt. Was für eine Moral, finden Sie nicht? Das macht unseren Park so wertvoll, meine ich.«

Der andere Anruf war von der Gärtnerei gekommen. Der Gärtner war der Pate von Vitzthums Schwiegertochter. Er hatte an Weihnachten vorbeischauen wollen, seinem Patenkind das Geschenk vorbeibringen. Er ließ sich nie lumpen. Eigene Kinder hatte er keine; sie war wie sein Augapfel. Er fand sie zerhackt in der Küche, die Axt vom Stölzner lag im Hausflur. Die kannte er gut, weil er alle Klingen im Ort schliff, an einem alten Schleifstein in seiner Scheune, der noch von seinem Großvater stammte. Das war sein Hobby.

»Wir haben das sehr hübsch aufbereitet«, beendete Kopitsch seine Erläuterung. »Inklusive Messerverkaufsstand. Man kann sich dann alles gleich an Ort und Stelle schleifen lassen.«

»Und der Gärtner hat dann den Stölzner getötet?«, fragte Schuster, nachdem er sich die Erklärung angehört hatte.

»Nicht gleich, erst rief er bei der Feuerwehr an, um anzukündigen, dass er – ich zitiere aus den Polizeiprotokollen – ›den Scheißkerl von Stölzner massakrieren‹ würde. Nun ja, man kann ihn verstehen. Im Grunde, denke ich, wollte er aufgehalten werden. Aber bei der Feuerwehr war ja keiner mehr. Also brach der Gärtner auf, suchte den Stölzner bei ihm daheim, wo er ja nicht war, dann im Wirtshaus, das aber schon brannte. Schließlich kam er auf die Idee, bei Stölzners einzigem noch lebenden Verwandten vorbeizuschauen, seinem Bruder. Der war Frührentner und lebte seinerseits bei Tochter und Schwiegersohn.«

»Die wiederum drei Kinder hatten, soweit ich es verfolgt habe?«

»Zwei«, korrigierte Kopitsch, nachdem er nachgeschlagen hatte, »Theresa und Lukas, nein halt, das waren ja die Pfarrerskinder. Hieß übrigens Himmelreich, der Pfarrer, kein Witz. Ah, da ist es ja: Oliver und Anja.«

»Das ist alles ein wenig unübersichtlich«, meinte Schuster nachdenklich.

»Oh, das arbeiten wir alles auf den Text-Bild-Tafeln auf, keine Sorge«, wandte Kopitsch ein. »Wir haben auch eine Sonderführung ›Der Kreuzzug des Gärtners‹, die das alles schön klarmacht. Und gerade in dem Haus haben wir ein besonders tolles Gimmick, Sie werden sehen. Der Schwiegersohn hatte nämlich einen Überwachungstick und überall Kameras, auch in den Kinderzimmern. Wir haben Unmengen von Bilddaten und Filmausschnitten, zusammen mit dem Haus und den Möbeln erworben, die den Hergang im Grunde fast komplett zeigen. Wir haben einen Film daraus gemacht, das ist ganz großes Kino. Ein Glück, dass der Gärtner dazu neigte, sich mitzuteilen. Das hat man ja schon an dem Anruf gemerkt.« Er imitierte die Stimme vom Notruf. »Der Depp hat allen genau erklärt, wieso er hier ist und was er vorhat. Ehe er dann zuschlug. Wie die Bösewichte in den schlechten Filmen. Man glaubt es nicht.« Kopitsch schüttelte den Kopf. »Es wäre auch nicht so fatal gelaufen, wenn es nicht der Schwiegersohn schon lange auf seinen

Schwiegervater abgesehen gehabt hätte, den Frührentner. Er hatte gewollt, dass der ihm das Haus überschrieb, und der hatte sich geweigert. So in der Art. Und statt jetzt den Gärtner als Bedrohung ernst zu nehmen, hat er erst mal einen Streit vom Zaun gebrochen von wegen nutzloser Alter, und jetzt sei dessen Bruder, der Stölzner, auch noch ein Mörder. Damit hätten sie also einen Schmarotzer im Haus, einen Mörder an der Backe, und dann würde auch noch ein Irrer auftauchen. Damit meinte er den Gärtner. Das hat der Situation nicht gutgetan.« Kopitsch schüttelte bedauernd den Kopf. »Aber keine Sorge, das erklärt sich alles von selbst. Man kann das sehr schön im Film verfolgen, Eskalationsstufe für Eskalationsstufe. Hitchcock hätte es nicht besser inszenieren können. Jeder hasste da jeden. Keiner, der nicht ausgeteilt hätte, aber wie! Und am Ende waren alle tot. Um die Kinder ist es natürlich schade«, fügte er brav hinzu. »Aber das Haus ist ein Highlight. Sie werden es sehen, Herr Doktor Schuster, da bleiben keine Fragen offen. Am Ende ist man sogar froh, dass sie alle hin sind.«

Kopitsch verstummte für eine Weile, und sie lauschten dem Vogelgezwitscher, während sie weiter die Straße hinabgingen, die einen Knick machte, am leer stehenden Milchhäuschen vorbeiführte, das ausnahmsweise von keinen Gräueltaten kündete. Sie passierten die kleine Grünfläche vor dem Rathaus, auf der der offizielle Weihnachtsbaum der Gemeinde stand, geschmückt mit großen, blutroten Kugeln, die in der Augustsonne fast schmerzhaft leuchteten.

»Ach, das hier wollte ich Ihnen noch zeigen.« Kopitsch hielt vor einem hübschen Sandsteinhaus, über dessen Tür noch die Goldlettern »Schule« prangten, wie aus wilhelminischen Zeiten. »Das war das Wohnhaus der Wengerts.

Vater und Tochter. Er hatte sich in der Nacht in der Scheune erhängt. Ein dummer Zufall, hatte gar nichts mit dem anderen zu tun. Nur dass die Tochter, als sie ihn fand, ganz außer sich geriet und sich in die Arme ihres Freundes flüchten wollte. Nicht in die ihres langjährigen Verlobten allerdings, sondern in die ihres neuen Liebhabers, eines afghanischen Flüchtlings. Was ihr Verlobter leider bemerkte, da er vom Glühweintrinken mit seinen Freunden kam, den hiesigen Kirchweihburschen. Es waren fünf an der Zahl. Zu denen rannte er seinerseits stracks zurück, als er sah, wie sein Mädchen auf der nächtlichen Straße zur alten Mühle lief, wo an die zehn Flüchtlinge untergebracht waren. Er hatte sofort gewusst, was das bedeutete. Und der Funken glomm ja schon, Sie haben vielleicht davon gelesen.«

Schuster nickte. Das Ereignis hatte es seinerzeit sogar in die überregionale Presse geschafft: eine Schlägerei zwischen Flüchtlingen und der Dorfjugend nach einem Fußballmatch, das der Freundschaft und Völkerverständigung hatte dienen sollen, was aber nach hinten losgegangen war. Ein Landtagsabgeordneter aus München war vor Ort erschienen und hatte geredet, die AfD hatte dazu gepostet, was das Zeug hielt, an allen Schulen des Bezirks hatten »Schule-gegen-Rassismus-Workshops« stattgefunden, im Internet und in den Wirtsstuben waren die Meinungen hochgekocht, um sich dann anderen Skandalen zuzuwenden.

»Die fünf sind sofort los, um die Asylbewerber aufzumischen, die sich schon beim Fußball aufgeführt und sie anschließend verbläut hatten. So sahen sie es jedenfalls.«

»Und auch das lief aus dem Ruder«, stellte Schuster fest.

»Sie wissen ja, diese Ausländer, schnell mit dem Messer und Allahu Akbar. Aber Angst hatten sie wohl auch«, fügte Kopitsch eilig hinzu. »Wir werden das natürlich alles ganz politisch korrekt darstellen. Eine Spirale der Gewalt. Tragisch, das Ganze. Tragisch.«

»Aber hat es da nicht Überlebende gegeben?«

»Ahhh!« Jetzt strahlte das Gesicht des künftigen Erlebnisparkbetreibers. »Das ist ja überhaupt der Clou des Ganzen. Kommen Sie. Kommen Sie. Hier ist es.« Als sie vor dem Stall der etwas abseits gelegenen Mühle angekommen waren, öffnete Kopitsch die Türen wie ein Conférencier. »Voilà, der Stall zu Bethlehem.«

Im Inneren war es trocken und heiß. Strohstaub flirrte in den Sonnenstrahlen, die durch das alte Holz drangen. Vor ihnen ragte ein Berg aus Heuballen auf, davor hatte jemand eine Futterkrippe platziert, ausgelegt mit einem schneeweißen Laken.

»Sie kennen die Geschichte zweifellos aus den Medien, aber was wir daraus machen werden, Sie werden sehen, es treibt den Leuten die Tränen in die Augen. Wir haben einen echten Ochsen, einen echten Esel und – Mahmoud? Wo seid ihr?« Kopitschs Lächeln verschwand für die Dauer des strengen Rufs, um sofort wiederzukehren, als zwei Gestalten aus dem Dunkel traten: »... Und hier haben wir unseren echten Josef und eine echte Maria dazu. Mahmoud, das ist der Mann, der deinen Lohn bezahlen wird. Sag guten Tag.«

Der dunkelhaarige Mann, der aus dem Hintergrund der Scheune aufgetaucht war, tat, wie ihm befohlen, und legte, als er dem Fremden die Rechte gab, die Linke auf sein Herz. Hinter ihm versteckte sich ein schüchternes, zartes Wesen, das man für ein Kind hätte halten können, wenn es nicht sichtlich schwanger gewesen wäre.

»Sind das ...?« Zum ersten Mal klang Schusters Stimme ehrlich erstaunt, fast ehrfürchtig.

Jetzt hab ich ihn, dachte Kopitsch. Stolz erklärte er: »Aber nein, das ist nicht das Flüchtlingspaar, das sich in der Mordnacht hier versteckte. Die Frau war ja damals hochschwanger, Jarmila hier ist erst im fünften Monat. Aber sie wird so weit sein, wenn der Park eröffnet. Und dann werden wir hier in der Scheune das Glanzstück unserer Darbietung präsentieren können: die einzigen Überlebenden des tragischen Weihnachtsmassakers. Genau wie damals, als sie sich während der Wehen im Heu versteckten, wo er seiner Frau mit der Hand den Mund verschloss, damit ihre Schmerzensschreie sie nicht verrieten. Und wo sie der Polizei entgegentaumelten, ein blutiges, lebendiges Kind im Arm, was für ein Bild!« Er hatte die Arme weit ausgebreitet. »Verstehen Sie, Schuster, am Ende all des Horrors und Grusels werden wir den Leuten zum Ausklang ein Bild der wahren Weihnacht mit auf den Weg geben können. Danke, Mahmoud, ihr könnt gehen.« Er winkte die beiden Statisten seiner Vision hinaus. Zum Investor gewandt, flüsterte er: »Das BAMF sagt, dass sie vermutlich abgeschoben werden, aber ich habe ein zweites Paar an der Hand, das einspringen kann. Es gibt ja so viele inzwischen. Alle willig, alle billig, wie man so schön sagt. So wie die ganze Gegend hier. Ist ja sonst nicht viel los mit Tourismus. Sie hätten die Bürgermeister der umliegenden Gemeinden hören sollen; die können es gar nicht erwarten, für unsere Besucher gastronomisch aufzurüsten, um sich ein Stück vom Kuchen abzuschneiden. Ich habe Kooperationsangebote noch und noch.« Er hielt inne, um ein letztes Mal Atem zu holen. »Aber was sagen Sie?« Erwartungsvoll schaute er den Investor an. »Ist das der Weihnachtserlebnispark der Zukunft oder nicht?«

Ewald Arenz wurde für sein literarisches Werk u. a. mit dem Bayerischen Staatsförderpreis ausgezeichnet. Im ars vivendi verlag erschienen u. a. seine erfolgreichen Romane *Der Teezauberer* (2002), *Die Erfindung des Gustav Lichtenberg* (2004), *Der Duft von Schokolade* (2007), *Ehrlich & Söhne* (2009), der historische Kriminalroman *Das Diamantenmädchen* (2011), *Don Fernando erbt Amerika* (Neuausgabe 2011), *Ein Lied über der Stadt* (2013) und *Herr Müller, die verrückte Katze und Gott* (2016). www.ewald-arenz.com

Helwig Arenz studierte Schauspiel an in Linz. Seit 2013 arbeitet er als freier Autor und Schauspieler in Nürnberg. 2014 erschien sein erster Roman *Der böse Nik* bei ars vivendi, mit dem er für den Debütpreis des Buddenbrookhauses nominiert wurde. 2016 folgte der Roman *Nachts die Schatten*. 2018 wurde er für sein Stück *Caligula und das Mädchen auf der Treppe* mit dem deutsch-niederländischen Kinder- und Jugenddramatikerpreis Kaas und Kappes ausgezeichnet. Im selben Jahr erhielt er den Bayerischen Kunstförderpreis.

Sigrun Arenz studierte Germanistik, Theologie und Anglistik in Erlangen sowie an der Universität St. Andrews in Schottland. Sie lebt in Fürth und arbeitet als Gymnasiallehrerin, freie Mitarbeiterin für unterschiedliche Tageszeitungen und als Autorin. Bei *ars vivendi* erschienen ihre Kriminalromane *Das ist mein Blut* (2008), *Kühl bis ans Herz* (2009) und *Nicht vom Brot allein* (2012). 2014 wurde sie mit dem Kulturförderpreis der Stadt Fürth für Literatur ausgezeichnet.

Bernd Flessner studierte Germanistik, Theaterwissenschaft und Geschichte in Erlangen, Promotion 1991. Der Autor und Zukunftsforscher unterrichtet am Zentralinstitut für Wissenschaftsreflexion und Schlüsselqualifikationen der FAU Erlangen-Nürnberg. Er schreibt u. a. für die *Neue Zürcher Zeitung, mare* und den *BR*. 2007 wurde er mit dem Utopia-Preis (Aktion Mensch) und 2011 mit dem International Corporate Media Award ausgezeichnet. Bei ars vivendi erschien 2017 sein Krimi *Frankengold*. www.bernd-flessner.de

Theobald Fuchs studierte Germanistik, Mathematik und Physik und promovierte 1998. Seit 1997 schreibt Fuchs Glossen für die Satirezeitschrift *Salbader*. Später begann er, im Magazin *Titanic* lustige Miniaturen zu veröffentlichen und Beiträge für die Kolumne *Fürther Freiheit* in den *Fürther Nachrichten* zu erdichten. 2014 gewann er den Jurypreis des Fränkischen Krimipreises. 2016 erschien sein erster Kriminalroman *Niemand ruht ewig* bei ars vivendi, 2017 folgte *Altstädter Friedhof in Erlangen, 14. Mai, 10 Uhr 30, meine 35. Beerdigung, die zahlreichen Nachkommen streiten sich am Grab um den Fernsehsessel des 73-Jährigen.*

Tommie Goerz (Dr. Marius Kliesch) hat Soziologie, Philosophie und Politische Wissenschaften studiert und wohnt in Erlangen. Nach einem Forschungsprojekt und 20 Jahren bei einem der größten Agenturnetzwerke der Welt war er Dozent für Text und Konzeption an der Georg-Simon-Ohm-Hochschule Nürnberg und der Faber-Castell-Akademie in Stein. Er gewann u. a. den Bronzenen Löwen in Cannes (2007). Bei ars vivendi erschienen seine Kriminalromane *Schafkopf* (2010), *Dunkles* und *Leergut* (beide 2011) sowie *Auszeit* (2012), *Einkehr* (2014), *Schlachttag* (2016) und *Nachtfahrt* (2018), 2017 die Biergeschichtensammlung *Auf dem Keller*. www.tommie-goerz.de

Thomas Kastura lebt in Bamberg, studierte Germanistik und Geschichte und arbeitet als Autor für den *Bayerischen Rundfunk*. Seit 1998 veröffentlichte er zahlreiche Erzählungen, Jugendbücher und Kriminalromane. Er ist außerdem Herausgeber der Krimianthologien *Tatort Garten* und *To die, or not to die.* 2012 erschien bei ars vivendi der Sammelband *Drei Morde zu wenig* mit seinen Brandeisen & Küps-Geschichten, 2015 folgte *Fünf Leichen zu viel,* 2017 *Sieben Tote sind nicht genug.* www.thomaskastura.de

Tessa Korber studierte Literatur und Geschichte, ist freie Autorin und wurde mit ihren historischen Romanen bekannt. Bei ars vivendi erschienen bisher u. a. ihr historischer Kriminalroman *Todesfalter* um Maria Sibylla Merian (2011) sowie der schwarzhumorige Krimi *Die Saubermänner* (2013). Zudem gab sie u. a. die Krimianthologien *Auf leisen Pfoten kommt der Tod* (2013) und *Bocksbeutelmorde* (2016) heraus. Tessa Korber ist Trägerin des Forchheimer Kulturpreises 2010 und lebt in Nürnberg. 2017 erschien ihre Lyrik-Anthologie *Katzen.* www.tessa-korber.de

Killen McNeill wurde 1953 in Nordirland geboren. Er studierte Germanistik und zog 1975 nach Franken. Seit 1976 arbeitet er als Fachlehrer für Englisch an der Haupt- bzw. Mittelschule Scheinfeld. Er schreibt Romane und tritt im fränkischen Kabaretttrio *McNeills & Winkler* sowie in der fränkischen Band *Nauswärts* auf. Sein Kurzkrimi »Pfarrers Kinder, Müllers Vieh« wurde 2012 als Siegergeschichte der Jury im Wettbewerb um den 1. Fränkischen Krimipreis ausgezeichnet. 2013 erschien bei ars vivendi sein Roman *Am Schattenufer,* 2015 folgte *Am Strom.*

Horst Prosch, 1964 in Neuendettelsau im Landkreis Ansbach geboren, lebt mit seiner Familie in Wolframs-Eschenbach. Er arbeitet als Bilanzbuchhalter, ist Mitglied im Kulturverein Speckdrumm e. V. und im Syndikat und Initiator und Leiter der Reihen »Erlesene Genüsse« im Kunsthaus Reitbahn 3, Ansbach, sowie »Literatur in alten Mauern« in Wolframs-Eschenbach. Auch für Lesungen ist er bekannt, etwa für Themenlesungen wie »Literatur und Schokolade«. Bei ars vivendi erschien 2008 eine Erzählung von ihm in *Smoke – Geschichten vom blauen Dunst.* 2014 folgte sein Kriminalroman *Blaue Bäume.* Für »Süß klangen die Glocken nie« aus der Anthologie *RauschGiftEngel* wurde er für den Friedrich-Glauser-Preis 2015 in der Sparte »Bester Kurzkrimi« nominiert. 2015 erschien sein Kriminalroman *Frankenruh.* www.horst-prosch.de

Susanne Reiche hat eine erwachsene Tochter und wohnt mit ihrem Lebensgefährten, Hund Jasper und drei Katzen im Nürnberger Stadtteil Wetzendorf. Nach Abitur und Gärtnerlehre studierte sie in Erlangen Biologie und war vierzehn Jahre lang beim Nürnberger Umweltamt im Bereich Umweltplanung tätig. 2014 gewann sie mit ihrer Geschichte *Der Tod des Baulöwen* den Publikumspreis des Fränkischen Krimipreises, 2016 erschien ihr erster Frankenkrimi *Fränkisches Chili,* 2017 folgte *Fränkisches Sushi,* 2018 *Fränkische Tapas.* www.susanne-reiche.de